ころんで、笑って、

還暦じたく

山脇りこ

はじめに

還暦じたく、やった方がいいよ、と母は言った

転んだ、転んだ、そして折れた

気持ちよく晴れた日の朝8時、バッタ～ンと転びました。しかも手をつくことができず、胸から。バチン！　とへたくそな飛び込みのような大きな音がして自分でもびっくり。すぐ横に座っていた相方（夫）もびっくり。あまりの激痛に声も出ませんでした。息が止まったか。数秒後、ううう、と唸り声。「なになに、大丈夫？　何にひっかかった？」と怪訝そうな相方。

そう、なぜ転んだのか？　そこが問題です。たぶん、きっかけは相方がやっていた

パソコンのコードを〝見た〟こと。ただ床にあっただけで普通に歩けばひっかかることもないのに、急に視界に入って、おっ！　と思ったら、バッタ〜ン。

昭和のコントか。なーんにもないところで、そこまで激しく転ぶのははじめての経験でした。３時間後に控えた料理雑誌の撮影の準備に身も心もバタバタ焦りながら出かける直前だったとはいえ、大丈夫か私？

肋骨が折れたのか、しゃべっても笑っても痛いけど、手は使える。料理の撮影は手さえ使えればＯＫ。〝手をつかなかったのは、おばあちゃんの天からの配慮か。助かったよ、痛いけど〟と思いつつ、無事に仕事は終えました。

母に伝えたら、「転ぶのがいちばん怖い、若いときみたいに焦ったらだめよ」と言われました。まあ、80代ならそうよねーと、まだ気持ちに余裕があった、何もわかっていない55歳の秋でした。

そして、今年のこと。あっぱれな階段落ちを経験しました。料理教室に近い公園の横のコンクリートの階段、なにかに躓いたわけでもなく、よろっとよろけてそのままバランスを崩し、踏ん張ることができず、いちばん下まで落ちました。

途中、スローモーションのように眼前にコンクリートの壁や、とがったブロックの角が見えて、〝ああ、やばい、頭はだめぇ〜〟と身体をねじって（たぶん）、右手をついて横たわり着地しました。すぐ後ろにいた友が「顔から行くと思って青ざめたけど、見事な受け身だった！」と。いや、そこ？ と思いつつ、まるで映画『蒲田行進曲』の平田満な階段落ちにしばし呆然。直後は恥ずかしさと、痛みと、そして恐怖に固まってしまいました。

結局、右手の小指の骨が折れていて、使わないようにとギプスをすることに。確かに不幸中の幸いだったのかもしれません。しかし数日は、痛みもさることながら、落下の恐怖を何度も思い出し、参りました。夢にまで落下時のスローモーション映像が出てきてぞっとし、階段恐怖症に。今も完全には克服できていません。

再び、なぜ転んだのか？ そこが問題です。明確に〝あれに躓いた〟とかは思い出せず、たぶんそれはなくて、ほんの少しバランスを崩したか、すり足になって足が上がっていなかったか。そしてやはり急いでいて、焦っていた、と反芻《はんすう》。

以前の、胸からダイブした転倒を思い出しました。あれも、さしたる原因はなかったけど、気持ちが焦っていたのは共通。「転ぶのがいちばん怖い、焦ってはいけない」。

母の言葉が、真実味数十倍増しで脳内にこだましました。

しかも、小さな骨だけど骨折なんて。

もしかしてこれは、老い？

みんな転んでいた!?

自分史的びっくり事件の階段落ち小指骨折の翌週、とある仕事の打ち合わせに私含め4人の女性が集まりました。みんな第二妙齢。

妙齢とは（死語かもしれませんが）、結婚前の適齢期の女性たちのこと。第二妙齢は子育てやら猛烈に忙しい仕事やらがひと段落し、再び自由を謳歌せんとする50代、60代を指します。私が勝手に名づけました。

第二妙齢4人、包帯ぐるぐる巻きの私の手を見て「どうしたんですか？」と当然その話題に。特にひっかかる要素がなかった階段を転げ落ちた、とできるだけ面白おかしく話しました。が、なんか受けてない。誰も笑わない。

すると、ひとりが真顔で「実は私も、去年、中指の骨を折りまして。それが、犬の散歩でリードを急に強く引っ張られて（犬に）、あれーっとなった、ただそれだけで。どんどん腫れて、病院へ行ったら折れていて、びっくりです」

さらにもうひとりも「私も去年と今年、続けて2回も骨折したんです。最初は雨の日に何にもないところでなぜか躓いて滑って転んだら肘が折れていて。次はちょっと手をつき損ねて、親指を。親指は難しい骨折で、小さなボルトを入れる手術をしました」。ううう、痛そう。

まるで私の小指がパンドラの箱を開けたかのように告白が続きました。「私の場合は雨の日にゴルフしていて、転び方が悪くて手首を骨折したんです。ポキってすごい音を聞きました、今も思い出すと怖くて」。つまり、ここにいる4人、全員が1年以内に転んで、骨折？

嘘みたいな話ですが、その後も、多くの第二妙齢仲間が、私の小指をきっかけに、苦笑しながら骨折話をしてくれました。「私も去年、何にもないところで躓いて、足の中指の骨が折れた」「私も家庭菜園で躓いて足首にひびが」「私も小指、自転車で転びそうになって支えたら折れたの、びっくり」

もしかして……みんな転んでる？

共通していたのは心の傷

そしてそろって口にしたのが〝乙女心〟への影響でした。転んだ時のショック、怖さ、なんでもないところで転んだ自分への嘆き、え？　あのくらいで？　骨折？　という驚き、そういうのがないまぜになって、ものすごく凹んだというのです。

「転んで骨折が、こんなにもメンタルに影響するとは思わなかった」という発言にみんなで頷きました。そして、とほほと苦笑い。

うすうす感じてはいましたが、着実に老いへ向かう次なるフェーズに入ったのだと確信しました。50代半ばを過ぎ、更年期のあれこれが終わったと思ったのに、次は何？

「年は年々刻々と取るのではなく、途中に数年変わらない踊り場があってね、あるとき2段飛ばしみたいにぐっと進むのよ」とはわが叔母の言葉。

そうか、来たな！　2段飛ばし！

着実な、避けがたい身体の老い、経年劣化。そして、このたびの2段飛ばしは今までとは違った風景を見せてくれました。残年へのカウントダウンです。

世の中から必要とされていない、はじめての実感

テレビの仕事をしている人に教えてもらったのですが、もはやテレビ局は、50歳以上が何を観ているかは、ほとんど気にしていないと。ありていに言うと、どうでもいいお客さんだというのです。

テレビの視聴率はもともとは世帯視聴率で、猫が見ていても視聴率と言われたように、その世帯=家の視聴率でした。ここに誰が見ているかを表した視聴率、個人視聴率が登場します。これにより、たとえば、2歳から30歳の女性がよく見ているとか、そんなことが数字で出るようになったそう。当たり前ですが、CMを流すクライアントにとってはそこが大事ですよね。

以後民放各局は、局によってやや違うものの、おおむね13歳から49歳を最も重要なお客さん「ファミリーコア」として、この人たちの視聴率を注視するようになったというのです。理由は明らかで、CMを出すクライアントが、その世代を求めているから。

えー、白髪染めとか入れ歯とかおむつとか、いろいろあるし、50歳以上はお金もあ

るのにー、と抗弁したくなりますが、考えてみれば高齢になるほど、欲しいものは減るし、新しいものに飛びつかないし、出かけなくなるし、ごもっともかもしれません。

うーん、私が「silent」を見ようが「アンメット　ある脳外科医の日記」を見ようが、どうでもいいのか。残念、カウントしてくれよう。

テレビに限らず、60歳が近づくにつれて、年齢だけで、社会から軽視されていく感覚を味わうことが増えました。「もう、あなたの意見は聞いていませんよー、のんびりしてくださいねー」「好きなことを、迷惑かけずにやってねー」みたいな?

シャネルがBLACKPINKのジェニーで広告展開しているのも、明らかにあなたはもういいですと言われているわけで、車も、ビールも、言われてみればもっと前に、ターゲットから外れていたのでしょうが、昔の40代くらいの感覚でいたからか、気づいていませんでした。

年齢で社会の中心円からずずずっと外れる感じ、付属品になるような感じ、これは正直なところ、はじめての経験でした。60歳といえば以前なら完全定年の年だし、当たり前だよと頭ではわかっていても、悔しくなったり、愕然としたり、ついつい憮然としたり、殺伐、寂寥、哀しみも。

きっとこの思いは年々強くなる。だから不機嫌な顔をした高齢者が多いのかもしれないと想像、いやまちがいない、と1時間後の雨雲レーダー並みの予想ができるようになりました。

好きなこと、楽しいことだけやるのは難しい

そんなわけで、巷には60代を楽しく、笑って過ごそうとか、好きなことだけやろうという本やウェブ記事や雑誌の特集が多いのだな。仕事も競争も卒業して、社会のセンターからは外れているけど、だからこそ時間もあって、やりたいことができる。元気でまだまだ自分の足で歩けるし。60代は人生のご褒美ってことなのかも、と改めて思いました。

私の友達はがんを患い、克服した後、働き方を変え、毎月旅に出るようになりました。人生観が少なからず変わり、やりたいことは先延ばしにしない、楽しいことだけをやろうと、より強く思うようになったと聞きました。

私にはその経験がないからお叱りを受けるかもしれないと思いながら言うと、その

状況はカウントダウンが始まったと実感している今の自分と似ているのではないか？　SNSで、60歳からは死刑台と書かれている方もいました。さまざまな病気が予告なく襲うことが増える世代でもあります。

しかし頭で理解して、これから好きなこととして悔いなく生きたい、と決意しても、何から手を付けたらいいのかわからない私がいました。好きなことが何か？　自問してもはっきりとした答えはなかなか見つからないし、日常は日常で「線路は続くよどこまでも」感がまだまだあります。

はて？　どうしよう？

何でもないところで転んで泣き苦笑いして、やっと他人ごとではなく、私に起きていることとして強く意識しました。それに50代半ば過ぎてからわが身におきた変化は転倒だけにあらず。たとえば忘れ物もほんとにすごくて、その日いちばん大事なものをしかも玄関に忘れたり、うっかり多発すぎて冷蔵庫や玄関のドアに付箋を貼るようになって、ニワトリと自称しています。白髪で薄毛で、腕が細くなったと思ったら、筋肉が落ちただけと気がついたり、目尻だけでなく瞼もたれるし、フレンチブルからブルドッグへ顔の四角化も進行しています。

瞬発力がなくなって、気の利いたことがすぐに言えない、肝心な言葉が出てこない、ぱっと喜べないし、怒れない。

還暦を迎える前に、少しずつ準備をしておいた方がいいのはまちがいないなと思うようになりました。

母は老いの先生

母は私の還暦を待たずに旅立ちました。

ドラマ「虎に翼」で、死を事実として知ることと認めるのは違う、というセリフがあって私の気持ちの代弁か？　と思いました。母のことでは今もひたすら後悔ばかりで「ごめんなさい」が「ありがとう」に変わる日はまだまだ先になりそうです。

階段落ちのときも、心の中で〝お母さん、助けて〟と叫んでいました。きっと母が小指の骨折くらいでおさめてくれたのだと思っています。同時に、焦ってはいけないと戒めてもくれた。そしてこれからどんどんいろんなことができなくなるから、準備しておいたらいいよと、教えてくれたのだと思いました。

母の残したものを整理していても、学ぶことがたくさんあります。反面教師になることもあり。失敗、成功どちらであっても、ああそういえば、と母の言葉や行いを思い出します。「親は死んでも子に教え」とは「死んではじめて親に学ぶ」でもあり、よき言葉だとやっとわかってきました。

この年になると、ああ、あのとき母は50歳かーとか、あれは今の私の年だったのかーといちばん身近な先輩の姿として思い出すこともできます。

そうか、母は私の老いの先生なんだ。

バスガイドのような姿の母が元気に旗を振りながら、「支度しておきなさいよ、こっちよー」と言う声が聞こえました。母との別れが私に、還暦じたくをするようになうがしてくれたのです。

そう思って始めたことをつらつらと書いてみました。あくまでも私の場合の還暦じたくです。60代を人生のご褒美にするための準備のおぼえ書です。

老いは自分を鬱々とさせるし、転んで骨も折って身に染みた今、それを楽しい方へ転換することはなかなかできません。正直、ムリして〝楽しく老いる〟必要もないと思っています。つらいものはつらい、悔しいものは悔しい、できなくなって凹むのも避けられないでしょう。老いは病ではないから治すことはできないと、これも母に学びました。社会にシカトされるのも仕方ないのかもしれません。

とはいえ、凹んでばっかりでは限られた時間がもったいないし、苦虫をかみつぶしたような顔でうつむくおばあちゃんになるのも避けたい。

できる範囲できげんよく、いい顔つきでいられるように。そのできる範囲を数ミリでも広げたいよーん、とじたばたする自分がおかしくもあり、時々自分に吹きながら書きました。

どうせ転ぶなら、よき方へ転びたい、と願いを込めて。

目次

第2章

家事を減らす　ひとりで抱えない

第3章

最期まで、上を向いて歩こう

第4章

仕事にも黄昏がやってきた YAYAYA

第5章

老いを学ぶ

第6章

大切な人をいちばん大切に

母をおくる……222

第1章

モノを減らす
暮らしを小さくする

KANREKI
JITAKU

シャネルを売った日

シャネルとの別れ話

買ってから二十数年、私の元にあったシャネルのバッグを、売りました。いわゆるザ・シャネルなアイコンバッグではなく、よーく見たらシャネルだとわかる地味な、黒×羊革のバッグでした。旅先で思い切って買ったもので、その時の様子、気持ち、値段、印象深く覚えています。もちろん私にとってはお高い買い物でした（とはいえ今ほど高価ではなかった。現在、シャネルのバッグは当時より3割から5割お高いかと）。

振り返ると、買ってから二十数年のうち後半の10年は、ほとんど手にすることはありませんでした。特に50代になってからは買ったときのネル地の袋に入れられて棚に鎮座。いつもそこにただ鎮座。

持たなくなった最大の理由は、重さです。50代に入り徐々に重いバッグが持てなくなりました。バッグどころか、靴も、服も、財布も、ポーチでさえも、すべて軽やか愛好者に。と書くといい感じですが、つまりは、重くてもおしゃれより、とにかく快適が優先されるようになったってこと。

それにあらためて持ってみると、印象までも重たい。形も古くなっていました。現在、〝古さを感じない〟という合意が形成され愛され続けているのは、エルメスのバーキン、ケリーと、シャネルのマトラッセ、ルイ・ヴィトンの数種、あたりだけではないでしょうか（私見です）。

今や、ケリーやバーキンはエルメスの店で定価で買うという普通のことが難しい、なにかバッグとは違う投資物件になっている気がします。30年ほど前は今と違って、普通にエルメスの店で買えたのですけど。

話を戻すと、使わないのに、なぜこのコを側においているのか、考えました。

①高かった（私にとって）　②（腐っても）シャネル

という2つの理由しか思いつかない（えっと、腐りません）。二十数年前、30代の私はこれが欲しかった。でも、今はもうそこに愛はなかったのです。

ついにクローゼットに鎮座する彼女（バッグ）と別れよう、と決断しました。

すまん、さようならだ。ここまで何年かかってんだか。

シャネルを売って、旅にでた

別れ話（慰労）をしながら、きれいに拭いて、出陣。近所で数軒おいて並ぶ2つのリサイクルショップ（いずれも大手のチェーン）に行ってみました。

先に行ったのは、売る&買うが両方できる店で、店内は比較的若めのお客さんが多い印象。息子くらいの年齢の男性が査定するみたいで「30分くらいかかります」と言われました。本物かどうかどうやって調べるのかなーとか思いながら、時間をつぶして再び出向くと「5万円です」とのこと。おお！ 20年以上前のものなのにそんなに？ と、小躍りしましたが、心の声とし、踊るのも控えました。考えます、と言って、もう一方の店へ。

こちらは買い取りだけをやっている店。自分と同年代の白手袋をした男性は、しばし見てから「あちらも行きましたか?」と聞いてきました。そこで「はい、5万円と言われました」と正直にお伝えすると(バカバカバカ? 私)「わかりました」と15分ほど待たされ、「5万2千円」と。おお、2千円アップ! と再び心の声。そして決着することにしました。

さかのぼること数週間前、横浜・みなとみらいに新しくできた「三井ガーデンホテル横浜みなとみらいプレミア」の20階のバーでビールを飲みました。新しいからもちろんきれいで、インテリアも華美じゃなく、高い天井までの窓からは、みなとみらいのビル群、その向こうに港。テラスがあって20階なのに外に出られるのも気持ちよかった。港の近くで育ったので、ふるさとセンチメンタルな要素も加わって、この景色が部屋からも見えるなら、泊まってみたいな、と思いました。

ググってみたら、1泊2人で2万5千円ほど。シャネルで5万2千円を受け取ったら、はっ! と思い出し、すぐ予約しました。シャネルで2泊。

その後、数か月先だったその日が「横浜開港祭」花火大会の日だと知りました。ホテルの部屋から目の前に上がる花火を見るなんて、バブル世代だけど、人生ではじめて。神様、シャネルちゃん、30代の私、ありがとう!

行ってみたかった野毛の昭和感満載(ほめてます)の飲食店街で待望のはしごもしたし、

中華街の小さな店の平日ランチや、長蛇の列と聞いてあきらめていた元町のカフェで、目当てのタルトもいただきました。

みなとみらいから赤レンガ倉庫への海沿いの朝ランもへっぽこながら満喫。非日常感満載、海風がとにかく気持ちよかった。2泊っていうのも、旅気分をあげてくれました。

もったいないがいちばんもったいない？

シャネルが二十数年たって、買った時の約五分の一のキャッシュになり、横浜に泊まって消えました。

これがもう、映画『セーラー服と機関銃』で薬師丸ひろ子が機関銃をぶっ放して言う「カ・イ・カ・ン！」あれでした、よかった。

「ああ、もったいないが、いちばんもったいないな」と思いました。二十数年前、あのバッグを手にしてテンションが上がったこと、お値段が高かったこと、ハイエンドブランドだってことで「手放したら、もったいないよ」と思わせられて、いや私が勝手に思い込んで、なかなか手放せなかった。ああなんて、〝もったいなかったのか！〟。

気をよくして、ひとつだけ持っていた20年前のルイ・ヴィトンも売りました。シャネル同様、すてきだけど私には重いから使わなくなっていたのです。もう少しよいお値段がつき、相方と沖縄に行く航空券に変身しました。

さらに、いくつかの重たいバッグともお別れしました。そして、歯の未病治療をはじめました。最近の歯科では歯周病の進行具合を見るため、レントゲンや器具を使った計測や目視だけでなく、スキャンもやってくれます。もちろん保険診療で。自分の歯と歯茎の全貌を大き目のモニター画面で見ることができ、歯茎の痩せ具合やこれまでの治療のあとや今後の課題を説明してもらえるのです。

このデータをもとにクリーニングをしっかりやってもらった結果、今さらながら歯周病の怖さや、今の私の歯の状態、正しい歯の磨き方、いろいろ学びました。バッグが売れなくても、歯のケアはやるべきだけれど、かなり画期的な変身を遂げたよね。ありがとう。

手放したのは古い価値観

手放してみたら、それはただのブランドバッグではありませんでした。うまく言えないのですが、私の凝り固まった価値観、しょうもないこだわり、人の目が気になって自分のものさしに自信がない私を手放したのではないか。

今の私は、オーガンジー3枚重ねで超軽量、5千円の能登にある会社のバッグや、山形で買った軽いカゴの方が好きだし役に立つと思っています。それなのに、大人の女の保険みたいにハイブランドのバッグをキープしていたのです。値段が安いものより高いもの、という「あくまで一般論」的なものから離れられなかった。

二十数年前に欲しかったシャネルが、今やりたいことに変わった日は、今の自分を認めて、そっちにふりきった記念すべき日となりました。一皮むけたな私、と思えたシャネル記念日。

そう思ったら、ほかにもそういう〝凝り固まり〟がある気がしてきました。モノだけじゃなくて、コトにも、気持ちにもあるのではないか？　と自分に問いなおすように。

使わないのに捨てられない、愛がないのに変えられない、もう今は好きじゃないのに言えないなんてときは、この「シャネル記念日」を思い出すことにしています。

そのお金で何を求めるか？

原田ひ香さんのベストセラー『三千円の使いかた』は、こんなはじまりです。

「人は三千円の使い方で人生が決まるよ、と祖母は言った。
え？　三千円？　何言っているの？
中学生だった御厨《みくりや》美帆《みほ》は、読んでいた本から顔を上げた。
「人生が決まるってどういう意味？」
「言葉どおりの意味だよ。三千円くらいの少額のお金で買うもの、選ぶもの、三千円で
することが結局、人生を形作っていく、ということ」（同書より）

3千円ってところが面白い。誰もが無数の選択肢を思い浮かべられる金額で、人生が決まると言っているおばあちゃんナイス。

確かにお金の使い方には生き様も性格も出ると思います。その人が置かれている状況も出る。小説は3世代のお金の使い方＝活かし方が軸になった物語。

そのお金を何に使うか？　欲しいモノ・コトはいろんな要素で変わるのだな、と50代半ばにしてはっきり感じるようになりました。

正直、50代の今欲しいものは、旅とかおいしいものとか、健康、伸びた背筋、できるだけ白い歯、そして穏やかな心持ち、ひとりの時間、心からくつろげる友達、時々ささやかなときめき、など。お金では買えないものが多く、余計面倒な気もしますけど。

これからの60代、70代は、収入も減っていきます（私の場合）。それに合わせるように、自分の欲求や判断でお金を使う機会も減っていくでしょう。旅やおいしいものも欲しくなくなるのかもしれません。アクティブに動いてお金を使える日々のゴールはおぼろげながら見えてきています。

だったら、今、私の好きなこと、必要なことに使いたい。自分の過去の選択を、キャッシュ化して、今の選択に変えよう。シャネルを売って横浜2泊なんて……アホか？　と言われたとしても、私がハッピーなら一切気にしなくていいのだから。

すべての服は消耗品である

手に余るたくさんの服

わが老いの先生・母は、私に一切、負担も迷惑もかけず、時間を奪うこともなく旅立ちました。ただひとつだけ、どうしたらいいんでしょうか、お母さん、と天を仰いだのが、大量に残された服、着物、趣味の洋裁の生地、毛糸、そして食器でした。

中でも洋服と着物、どうしよう。着道楽だったしなー、原爆で焦土だった長崎、戦後の何もないときを知る世代にとっては、増えていくのが楽しみで、そしてもったいなかったかなあ。でもどうしよう。

ただ、母なりの方法で丁寧に分類・整理されていました。着物は知識のない私にもわかるように、価値のあるもの、普段着、昔の思い出の詰まったもの、と和ダンスの引き出しごとに。祖母と3人の姉が順に亡くなっていく中で譲りうけ、多くなったのだと思います。

こうした整理を、母がいつから始めたのか。もしかしたら自分に残された日々を思いながらやっていたのかと思うと、切なくなりました。

母が晩年、日常的に着ていたものは、クローゼットの手前の方にありました。最後まで、リハビリセンターに着ていく服を前日にコーディネイトするおしゃれさんで、きっとそれは生きる楽しみだったと思います。

でも80代になってからは、自分が持つ洋服の3割くらいで生活していたのですね。あとの7割は手つかずだった。着たいものを探すのも億劫だったでしょうし、私が手伝っても年々衣替えは大変になり、全部を把握して管理するのは手にあまるように。母も正直、途方に暮れていたのかもしれません。

別の押し入れの奥のプラスチックの衣装ケースに、私がかつて母に送った私の服がありました。もう着ないけど、捨てるに忍びないから、母や母の周りで着る人がいるかも？と無責任に送りつけた服たち。母はクリーニングに出してしまっておいてくれたのです。それを見ながら、バブルの頃は今のようなファストファッションはなかったから、いい生地が多いなぁ、と感慨深く……いや待って、バブルって30年以上前じゃない？　と愕然としました。

読み漁った片づけ本のどれかにあった、「着ないものをもったいないからといって実家に送るのはやめましょう」という見出しが頭の中で点滅。押しつけてごめん、と深く反省しました。

同時にそれらを見て、母のことは言えない、私もどうしようもない洋服好きだ、体力があるうちに片づけなければ、大変なことになるな、と。いらない7割を自分で減らしておかなきゃ。

母の服を整理しているうちに、うっすらと私の服の整理の方針が見えてきたのです。

「バーゲンに行くと　生きてる気がする。」

バーゲンとか、最大50パーセントオフ、と聞くとなぜかアガる20代を過ごしました。これは西武百貨店の1995年の冬市（冬のバーゲン）のキャッチコピー。若かりし頃にあこがれたコピーライター岩崎俊一さんによるものです。

話はそれますが、岩崎さんと言えば、「あなたに会えたお礼です。」とか「旅に出る服は、写真に残る服だ。」とか、「負けても楽しそうな人には、ずっと勝てない。」「会う、贅沢。」など忘れられないコピーがいっぱいあります。エッセイでも、何度も泣かされました。コピーライターって現代の俳人だなとあこがれていた80年代、ファッションビルもデパートも、企業も、好景気で広告にとてもお金をかけていて、今見返すと、芸術作品、文化遺産だなと思います。伊勢丹の「恋を何年、休んでますか」（眞木準さん）とかね、いやもうずっと休んでますけど。

当時はバーゲンとなれば、丸井やパルコなどのファッションビルにはデザイナーズブランドの服を求めてぐるぐる巻きの行列ができたし、徹夜で並ぶ人もいてニュースにもなりました。ああ愚かなるバブル世代（私）。みんながファッションに熱狂し、そして知り初めし海外ブランドに傾倒して、海外のバーゲンに遠征する人もいました。

私も、友達と年に2回のバーゲンに参加し、ビギ（BIGI）、メルローズ、ニコル、フランドル、スクープ（SCOOP）、少し背伸びしてコムデギャルソン、ワイズ（Y's）あたりを少ないバジェットの中で頑張って購入し、誰かのうちに集まってみんなで戦利品を広げたのをよく覚えています。

子どもの頃から母やその姉妹の影響で着ることが大好き。高校まではスポンサーでもある母と合議で選んでいたので、大学に入り自分で自由に選ぶようになったら箍《たが》がはずれ、ますますどんどん服にはまっていきました。服を買うためにバイトしていた気がします。おりしもデザイナーズブランド大ブーム、今思えば、幸か不幸かわかりませんけど。

バブルが終わっても、服が大好き

ファッション中毒のまま大学を卒業し、仕事をするようになったらさらにそこに投資し、そして今に至っています。同世代には私と同じような人がたくさんいるはず？

その間に服を取り巻く環境は大きく変わりました。ファストファッションが増え、そして進化し、世界的な企業だけでなく、日本のアパレルにもリーズナブルな服が増えて、バブル世代は思わず〝安っ〟と声が出ることもあります。一方で、ハイブランドははるか遠くへ行ってしまいました。私たちが若かった当時よりお高くなり、中には倍になったものもあるし、前述の通りお金があっても買えないものまで。

また、韓国、北欧、東欧、さまざまなところの新しいデザイナーの服もＳＮＳでいち早くキャッチできて、違うベクトルのブランドも手に入るようになりました。個人が作る、

1点ものも選べるように。

こうした変遷の中にいて、バーゲンは卒業したけど、やっぱり「新しい服を着ると、生きてる気がする」。それが私。そこは30年以上変わってないわ、認めよう。

でも若いときとは少し変わった部分もあります。今は〝服は消耗品〟と割り切るようになりました。

すべての服は消耗品である

村上龍さんのエッセイのタイトル（『すべての男は消耗品である』）じゃないですが、服はぜんぶ消耗品と考えるようになりました。ファッションが文化なのも、芸術品と呼ぶべき服があることもよくわかっています。デザイナーへリスペクトももちろんあるし、大好きでインスタで追いかけているデザイナーもいます。たとえば、モリー ゴダード（Molly Goddard）、セシリー バンセン（Cecilie Bahnsen）、フロム フューチャー（FROM FUTURE）、などなど。着こなしや着ているものに生き方が出るのも、わかる。

それでも、〝私の服はすべて消耗品〟だと割り切ることにしました。母の服を整理する中で、主《あるじ》がいなくなると、どんな服からも魂が抜け、哀しいかな不用品になってしまうのね、と思ったからでもあります。私にとってのみ特別なものだけど、私には子どももいないし、私のものは全部ゴミだなと。

そう割り切ってからは、1シーズンで飽きそうでも今すごく着たいなら買うようになりました。〝あの人と会う時に着たい〟とか〝次のあの旅で着たい〟と、思って手にするのはやっぱり楽しい。服がリーズナブルになってそれもかなうようになりました。

「ワンピースを着た日は、彼とケンカにならない」というコピーや『試着室で思い出したら、本気の恋だと思う。』という小説もありました（いずれもコピーライターの尾形真理子さんによるもの）。

そう、服って、かんたんに胸躍るもの。新しいシャツに袖を通すときはいつもわくわくします。誰も見ていなくても、特にほめられなくても、ひとりでごきげんになれる。自己満足上等なのです。刹那的でも、私を幸せにしてくれるならいいんじゃない？

少しお高いランチ、飲んでみたかったワイン、高価なモンブラン（ケーキ）と同じだと思うのです。人によってはゴルフやゲームなどの趣味、あるいはタクシー代、ガソリン代、かかる費用を単純に置き換えてみたら？

5千円の食事会と5千円のブラウス、かかった費用は同じでも、食べてなくなるものと違って、服は目に見えて形が残るから、着なくなっても処分しにくかった。でも、同じかも？　そう考えるようになってから、クローゼットの整理に迷いがなくなっていきました。

丁寧に、1着を大切に手入れして、繕いながらでも長く着る、という哲学とは真逆で、大人としてイケてないのかもしれません。それでも、今のところの私の結論は、クローゼットには新陳代謝が必要、目新しさ、ときめき、今着たい気持ちを楽しもう、でした。

一生ものの服はない

あくまで私の場合はですが、経験から一生ものの服なんてないな、と思っています。まったくもって私の個人的な意見です。どんなに質のいいコートでも、それがハイブランドのモノでも、一生は着られない、着ない。そういう服は、今までのところ私にはありませんでした。

平均すれば3年、長く着ても10年、15年、くらいかな。たとえば、あのよく知られる英国のコートであっても20年くらいでした（私の場合）。時が経過してくると、大好きでよく着たものはへたれてくるし、服が傷んでいなくても、ほとんど着ていなくても、ハイブランドでも、なんか野暮ったかったり、自分の体形に合わなくなったり、顔に似合わなくなったり。結果、そのシーズンに着たい服の1軍からは外れていきました。

母の昔の服で、着てみたら一周まわってステキと思うものがあって、母とはまた違う着方で楽しんでいるものが数点あります。でもそれらも、私にとっては古さが新鮮な〝新しい服〟という感覚であり、そこに〝母の思い出〟というこの上ない愛着がプラスされた特別な服たち。一生手放さないけど、一生ものとはちょっと違います。

そう割り切ってから、処分にブレーキがかかる高価な服はほぼ買わなくなりました。似合わなくなったら、好きじゃなくなったら、譲ったり処分したりできる、未練が残らない価格の服を、ZARAなどを中心に、ジャストファン！　楽しい！　を優先に、知恵をしぼりながら購入しています（気に入って4、5年着ているZARAの服もありますが）。

またデニムは近所にできた「トレファク」や旅先の古着屋さんで。最旬ではないけど、さまざまなメーカーのさまざまな形のモノが見られるし、探すのも面白いし、本来の価格では買わないブランドも試着して買えます。目下のお気に入りは那覇の古着屋さんで見つけたデンハム（DENHAM）のもの、1500円でした。買ってきたらガシガシ、2、3回洗ってから着ています、それができるのもデニムのよさ。7割スニーカーになった靴は、アディダス（adidas）のCONFIRMEDというアプリをファッション誌代わりによく見ていて、アディダスやナイキ（NIKE）のECサイトで購入することが多くなりました。

とはいえ、これから先、ひとりで、負担なく時間もかけず管理できて、全部を把握できる量まで減らすことは必須です。そこで始めたのがベスト10作戦でした。

まずプロジェクト333をやってみた

プロジェクト333は、アメリカのコートニー・カーヴァーさんが提唱して世界に広がった、服を整理し適正な量にする方法です。私は彼女の本『もう、服は買わない』を読んで知りました。やり方はシンプル。1シーズンに着る服と靴、バッグ、アクセサリーを33アイテム選び、これで1シーズンを過ごすのです。下着やパジャマやスポーツウエアはこの数に入れない。1シーズンは3か月として、春・夏・秋・冬の4シーズン。もちろん、シーズンをまたいで選ばれるアイテムもあり。

＃project333をインスタで検索すると、世界中の実践者がリポートを寄せています。

やってみると、いかに無駄なもの、いらないものを持っているかがわかる、という声や、1年後一度も33着に採用されなかったアイテムが明らかになり、それらを処分できた、といった成功談が。

本に登場する実践者たちも、ファッションを楽しんでいる感じがあり、四季で入れ替えるから、私にとって肝心なクローゼットの新陳代謝もできそう。そこで、いちばんトライしやすそうな夏に、3か月33点を選んで始めてみました。結論から言うと、1か月ほどでリタイアしました。えっ。

リタイアの理由は、いくつかあります。まず、先の予定も確実にはわからない中で選んだので、食事会などハレの服やアクセサリーを選んでいませんでした。

また、何を着ようかな？　と考えるにもバリエーションが少なくて、つまんない、と思うように。自分にとって、今日何を着るか？　を考えて選ぶことは、とても大切なことだと改めて気がついたのです。何を食べようか？　と考えるのと同じ。体調もわかる、気分もわかる、その日のバロメーターなのだ。それはすごくいい気づきでした。

でも33アイテムを選ぶプロセスは役に立ちました。特に、アクセサリーは、安いほぼガラクタみたいなものは、まったく選ぶ気にならず、今すぐいらないとわかり処分へ。服もサイズに違和感があるものや、コンディションに難があるものは当然選ばない。それで今の身体に入らないものは処分しました。当たり前ですよね。でも、いつかまた痩せたらという野望を胸に残していた服があったのです。愚かものよ〜と歌いながらお別れしました。靴も厳選するとなれば、歩きやすさが今の私にはいちばん大事なんだと確信、わずかに残していたヒールの高い靴ときっぱりさよならできました。

プロジェクト333には失敗したものの、かなりのヒントを得たのです。

ベスト10作戦へ

1シーズン33アイテムで過ごすのは難しかったけど、各アイテムのベスト10を選んだらどうだろう。プロジェクト333ならぬ、プロジェクト10。年間を通してスカート10着、パンツ10着、という具合に選んでみることにしました。ベスト10ほど数がなくて、ベスト5に厳選できたらもちろんそれもよし。

選ぶ基準は今の自分が着たい、好き、似合う（と思っている）、そして毛玉やシミなど、服の状態に問題がないもの。値段やブランド、汎用性の高さといったポイントは重要視しませんでした。なんでもないユニクロのニットでも、Tシャツでも、サイズ感がいいお気に入りとか、肌触りが気持ちいいとか、同じ紺のカーディガンでも好きな紺とか、着る機会は限定されるけど、色と素材がたまらなく好きなピンクのスカートとか。

以前は〝料理家らしさ〟を気にしていましたが、○○らしい、の呪縛から逃れて、私らしいにシフトしたいので、気にしないように。何が私らしいのか、いまひとつはっきりはしていませんが、好きなものを優先していたらそれが私らしさになるのかな、と。

いずれもベスト10以外は捨てるのかというと、そうじゃないのです（え？　そうじゃないの？）。いきなりそういうことができない性格だから、これまで断捨離に失敗してきたわけです。なので、まずベスト10を選ぶだけ。しかし選んだことで、新たに買う時に「マイベスト10に食い込めるか」という視点で熟慮するようになり、ベスト10に入れないものは買わなくなりました。

始めてから1年ほどですが、ベスト10以外を徐々に処分できるようになってきました。順位が入れかわるプロセスも、面白いな、と自分を観察しています。こうして服の三分の一を減らし、増やしすぎない仕組みができてきました。

イメージできている理想のくらし

片づけ本を読む、ただ読む

断捨離、そしてミニマリストの本をざっと30冊くらい読みました。ミニマリストの入門書を紹介する秀逸なインスタグラム（@teririri）も熟読し新刊チェックまでしています。モノを吟味して、捨てて、すっきりと片づけて暮らす。その結果、家によき気の流れができ、身体も心も楽になる。片づけはプロセスも結果も人生に良き影響を与える、ただのモノの片づけにあらず、とだいたいの本にあります。

SNSで見る片づけ上級者の部屋はモデルルームのよう。さらなる強者になると、部屋にほぼなにもないじゃないですかっ。見えているのは観葉植物ひと鉢とか、1枚の絵。ああ、こんなホテルのような部屋で暮らしたら気持ちいいだろうなーと心の底から思います。

かれこれ15年くらいそう思っています。

かの片づけの女王、こんまり（近藤麻理恵）さんの世界的ベストセラー『人生がときめく片づけの魔法』はもちろん5回、いやもっと読みましたし、ネットフリックスの番組も見ました。

彼女が片づけに悩むアメリカの家庭を訪問し、アドバイスをして、家主はときめきの有無を判断基準としてバンバン捨てて、ものすごく片づく、そしてすっきりした家に自ら感動して泣く、ビフォー&アフターがクリアで爽快な番組です。毎回、モノにお礼を言ってお別れする、あの気持ちがとてもよくわかって、私もそれだけは実践しています。

実は自らこんまりメソッドを洋服の片づけで実践して、服の三分の一を捨てたのは、たしか45歳ごろのこと。自分の持っている服をすべて、下着までぜーーーんぶ出して、1枚ずつ検証して取捨選択するのです。しかし、クローゼットにできた空間に喜び、調子に乗ってまた服が増え、10年ほどでほぼ元に戻ってしまいました。ダイエットで私が得意とするリバウンドです。

片づけ界のスター、元祖断捨離のやましたひでこさんのご著書も読みました。片づけてすっきりしたら、身も心もすっきりするという教えに共感。あるとき、食器の1、2割を思い切って整理し処分して食器棚がすっきりしたら、爽快だったし、なんと１キロ痩せました（因果関係あり、と思っています）。

しかし、こちらもリバウンド、食器も体重もほぼ元に戻りました。

片づけのゴールはイメージできている

私が読んだほぼすべての片づけ本には、「どんな暮らしがしたいかイメージしましょう」とありました。はい先生、イメージはとっくにできています。

私は極端なミニマリストは目指していません。好きなもの、目に入るとごきげんになるものだけに囲まれた部屋に余白＝空間が広がり、生花が飾られ、すべてのものは定位置にしまわれ、テーブルにも床にも何もない。おかげで日々の掃除はらくちんで、片づけもかんたん。休みの日の予定に片づけを入れることは絶対にない。そこで私は本を読んだり、編み物をしたり、夕暮れにはワインを飲んだりする。

さらにもっと具体的なイメージもできています。クローゼットには、２軍の服はない。大好きな服だけが並ぶ。靴もバッグもしかり。

並ぶ服も、靴もバッグも一目瞭然。それぞれに隙間もあって、まだ入るけど入れない。着物は母から譲り受けたもの、厳選したものだけを丁寧に保管している。

食器も惚れたものだけが整然と並び、2軍、3軍はなし。全部を把握し、見渡せる。調理器具も使いやすさと頻度に鑑み吟味したものだけ。旅先で見つけると買ってしまう保存食品や乾物や調味料も、早めに使い切り、決まった棚に数点あるだけ。

本のうち手元に残すのはもう手に入らないものや大切なもの、よく読み返すもののみに。探さずにすぐ手に取って読む、至福。思い出の品やお土産も、最愛だけを残し、あとは記憶の中へ。

まあ、ここまで具体的にイメージしてから、かれこれ5、6年たちます。「イメージが明確ならできたも同然」と書かれていた本もあったな、と遠い目に。

これからどんどん体力も気力もなくなるわけで、一番若い今日から始めないと、一生理想の生活にはならないよ、いつかやる、いつか、と思いながら死ぬのはいやだ（泣）。何としても還暦までにやりとげる、と決めました。

いよいよおしりに火が付きました。なにしろ、モノが多いほど、家事の負担が重くなるのもまちがいありません。モノを減らす＝家事がラクになる、のは自明のこと（大事なことなので、繰り返してます)。

それに最近、明らかに記憶力が低下し、どこにしまったか思い出せない、それどころか持っていることさえ忘れる始末。そんな自分にイラっとするだけでなく、苦痛を感じ始めました。

すでにすべてのモノを把握し管理することの荷が重すぎて、投げ出したい、逃避したい気持ちが強くなってきたのです。そして、「全部捨てればいいんだよ」と念仏のようにつぶやいている日々。つぶやきシローか。

私との5つの約束

そこで、具体的に減らす量も決めて、5つのことに着手しました。

1　洋服、靴、バッグを全体の二分の一にする

これは前述の通り、新たな方法で。いま、三分の一を減らしました。

2　今使わないものは、使うものに変身させる

もったいない、で残しているだけの使わないブランド品や時計・貴金属はすべて譲る、売る、処分する（p22「シャネルを売った日」へ）。

3　３００冊の私の本棚を作る

樹木希林さんが、手元に置く本は常に厳選１００冊だったという記事を読み、真似することにしました。ただし、読書が唯一の趣味なので、3倍の３００冊で。それ以外は、主にバリューブックスとブックオフに送っています。

漫画好きでもあり。この数年はスマホ&電子書籍だけで読むことにしました（岩館真理子さん、松本大洋さんは厳選して３００冊の中に）。

4　食器は決めた棚の分だけに

愛しくて頬ずりしたくなる器、実家の思い出の器を選んで、それ以外は処分へ。家の前に置いて、ご自由におとりください、をやったり（ほぼなくなります）、料理教室でガレージセールをやったりして、減らす↓現在進行形です。

お客様用にと揃いで持っていたものは思い切って処分しました。残した私の好きな器の中からバラバラでお出ししても何の問題もなかった。

調理器具も重いもの、頻度が少ないものは処分。料理しながら、これ必要？　と自分に問いかけ、どんどん減らしています。

5　すべての入れ物である家を、半分のサイズにする

え？　そうなのです。二十数年ぶりに、引っ越しをすることにしました。しかも半分のサイズの家に。半強制的に1〜4が実行される状況に身を置くことにしました。台所もあえてこれまでの半分のサイズに。

いろいろな事情が重なって5の選択をしました。それは、すっきり暮らすという夢の実現と合わせて、晩年をどこで過ごすか？　という、自分へのビッグクエスチョンと深くかかわっています。

バイバイ？ 東京ガールズブラボー

あと何年東京に住みますか

『東京ガールズブラボー』（岡崎京子作）は親の離婚で札幌から花の東京にやってきたおしゃれ命の高校生サカエちゃんが、出てきてみたら大したことなかったけど、やっぱりキラキラした80年代の東京で送る、めくるめく日々を描いた漫画。ツバキハウスとか、ラフォーレ（原宿）、ピテカントロプス、ミルク、文化屋雑貨店と、同じものにはまっていた長崎＝地方から出てきた私は、「わかる〜ん」と身悶えながら共感しました。この前に描かれた『くちびるから散弾銃』は、『東京ガールズブラボー』の子たちが20代になってからの話で、もちろんこちらも熟読。

実家が商売をしていたからか、しきたりやルール、慣習、礼儀作法、いろいろ満載で、高校時代まで実家＝長崎を閉鎖的に感じていました。

何しろみんなどこかでつながっているのです。いろんなところで、思わぬ人に見られていて、良くも悪くも、親に伝わる。監視されているような気分になって、いかん、一刻も早くここを出なければ、自由で華やかで、おしゃれでかわいいものがいっぱいある（に、違いない）東京に早く行かなければ、と高校卒業を待ちわびていました。

『東京ガールズブラボー』は、全国の、東京に行かねば！　と鼻息荒い私のような地方の子が何度も読み返したであろう、地方↓東京すべてがきっとブラボー！　の金字塔マンガ。

後になってこれを描いた岡崎京子さんが、東京・下北沢で生まれ育ったと知り、ちょっとびっくりしました。下北沢って、劇団に劇場に中古レコード屋、古着屋と、サブカル要素もあって、東京のイケてるモノが充満している街だと思っていたので、そんな東京ヒエラルキーの上の方で生まれ育った人が、あれを描いたのか！　と。

地方から東京にあこがれて出てきた私のような女子のことをわかってるなあ（モデルに

なった方がいます）。やっぱり東京のど真ん中で生まれ育ったからこそ、そのブラボーっぷりを、淡々と、時に斜めから描けたのかなあとも。

考えてみれば、名曲「木綿のハンカチーフ」も、東京のど真ん中で生まれ育った松本隆先生が書かれた詞。変わっていく僕を許してほしい、僕は帰れないと田舎の恋人に言うと、咎められも責められも、押しかけられもせず、ただ涙をふくハンカチーフくださいと言われちゃう僕。

リアル・ザ・地方から出てきた人は、肩で風切って、腕ぶんぶん回して、それどころじゃないので、あんなに素直に、変わっていく僕を詫びたりしないかもしれません。残された彼女も、なかなか素敵な物語としては消化してくれないんじゃないでしょうか。

故郷長崎で過ごした時間より、東京で過ごした時間の方がかなり長くなった今でも、東京のど真ん中で生まれ育った女子（特に私立女子高育ちのあか抜けた女子たち）とのあいだには、一生涯埋まらない溝を感じることがあります。どんなにフレンドリーでも、絶対に入れてもらえない彼女たちの見えない結界が、うっすら私には見えるのです（被害妄想か）。

そして、長渕剛氏が東京のバカヤローがと歌う「とんぼ」の気持ちや、さだまさしさんが歌う、友達できたかと手紙を書いてくる「案山子」の親の気持ちにグッとくる。何年たっても、まだまだ東京ではお客さんなのかもしれません。

それでも、東京にあこがれて、東京にいなければ話にも仕事にもならない、と思ってもがいてきた若き日々を経て、なんとか東京で生き残って仕事を続け、まがりなりにも東京で家と家族をもち、気づけば50歳を過ぎ、このまま東京で還暦を迎えることになりそうだな、と思ったとき、さて、この後も東京にいる？　どうする？　と考えるようになりました。

（東京が６回！）

住んでみたい街があります

この前、故郷長崎に帰ったら、島原産のきゅうりが５本１００円で売っていました。長崎の街の真ん中での話です。安いなあ、さすが、と思ったと同時に、農家さんはちゃんと暮らしていけるのか？　と、そんな不安もよぎりましたが、もちろん購入して、ザクザク切って塩もみしていただきました、うまいっ。

実はその前の日の夜に、東京で３本１９８円の痩せたきゅうりを見たばかり。高い＝うまいなら、まあ許せます。しかし生鮮品の場合、東京はこの限りではありません。長崎のきゅうりは、安い、うまい、新鮮。おまけに在来種やオーガニックも身近にあります。魚は言うまでもなくピカイチ（水揚げ魚種日本最多、漁獲量も1位から3位で推移してる漁業県！）、精肉も地元産（長崎牛、雲仙豚、などなど）がある。生鮮品を見れば暮らしやすさは長崎に軍配が上がります。街がコンパクトで、徒歩かバスか路面電車で、30分以内でだいたいどこでも行けるのも、今となってはいいなと思うし、なにしろ愛する海が近い。

選択肢は自分の故郷だけではありません。例えば京都。1日中歩いても退屈せず、周り尽くすことなく、飽きることなく、気づきや発見が沁みる、楽しい街です。散歩が大好きな私にとってはポイント高し。

例えば博多。食においては安い、うまい、新鮮は言うまでもなく、味も九州人の私には合う。街の大きさも程よく、緑も多めで、海も近い。転勤で博多に住んだら、転職してでも残りたい人が多いという噂にも納得です。住むなら、大濠公園の周りがいいなと思いながら、博多に行ったら、あの辺を、偵察気味に朝ランしています。

東京に住み続ける理由を考える

日本は、東京とそれ以外にわかれていると、全国を旅していると、よく思います。東京だけが、よくも悪くも特殊で、世界にも類を見ない規模の大都会。海外を旅してさまざまな首都と比べても、ちょっと異常でさえある。

若い頃は〝東京でなきゃ〟と思っていたけど、いつまで〝東京でなきゃいけない〟のかな。電車の乗り換えの階段を上ったり下りたりしながら、いくつまでこの大都会で電車に乗って活動できるんだろうという思いも頭をよぎります。もしバスや徒歩の範囲で過ごすならここにいる意味って何かな。

それに、東京はこれから収入が減っていく人にやさしい街かな？　とも考えます。60代の満ち足りた暮らしってどんな暮らしなんだろう。その先、いよいよ自由に歩いたり、活動したりすることが難しくなったら、そのとき、長い時間を過ごす部屋の窓から見たい景色はどんな景色だろう。

二十数年ぶりの引っ越し

そんなことを思い始めていた矢先、相方が転職して、新宿から1時間ほどの東京郊外の街に通勤することになりました。わが家からだと仕事場まで2時間ほどかかります。東京では珍しくないかもしれませんが、還暦に近い身になってから始まる片道2時間通勤はなかなか堪えそう。

それでこれを機に、20年以上住んだ都心の街を離れ、彼の職場に近いところに引っ越すことにしました。都心から離れることに迷いがなかったのは、件のようにこの先も東京に住むか、その意味を考えるようになっていたからだと思います。

友達からは、2時間弱なら通えばいいんじゃやない？　なんて言われましたが、私の中では、都心以外で暮らすことを検討するよいチャンスに思えたのです。

そして60代を心地よく暮らすために、暮らしをサイズダウンしたいと真剣に考えていたので、引っ越しはうってつけじゃないか、と。

この機会に、思い切って家の広さを半分にすることにしました。当然モノを減らすしかない。

3人掛けのソファや大きなダイニングテーブルともお別れしました。

リビングにソファいる？　と相方と問い直し、好きなソファでしたが、連れて行くのは断念。ソファは主にテレビで映画を見るときに使っていたから、テレビも、次の家ではリビングに置くのをやめました。もともと大きくはなかったのですが、さらに小さめのテレビに買い替えて、寝室に。これはネットフリックスやアマゾンプライムで見る配信プログラム用と割り切りました。ニュースや朝ドラ、そもそもほとんどのテレビ番組は、もし見たければスマートフォンで見ているから、困らないと判断したのです。

そして前述の5つの約束です。

洋服などファッション関係は消耗品と考えるようになったので、かつて買っていた、捨てるには迷いがあるもの＝捨てるのが重い負担なものは、思い切って売ったり、譲ったり。この1、2年のベスト10を中心に約半分を連れて行き、残りは処分へ（p42を参照）。

本は自分の分は300冊に。

器も決めた棚の分だけを連れて行きました。

そもそも台所が半分になりました。食器の収納スペースも3割減。そこにみっちり置くのではなく、使いたい皿がワンアクションですぐ出せるように工夫しました。本当は奥の皿が使いたいけど、〝いいか手前ので〟というある種の無精からの脱却です。

ただ、もしも次に自分で理想のキッチンを作れるとしたら、もっともっと小さくしたいと思っています。ほかのモノと同じで、これから先、大きな台所は自分の手に余る、隅々まで把握して管理できなくなっていくと思うからです。

こういう作業をしながら相方とは「ここでがんばって見直して、この次は、もっと身軽に移動できるようにしよう」と話しました。私の仕事は比較的場所は限定されません。彼が今の職場にいるのはあと6年ほど。

その間に、どこに住むか、どこに住むのが楽しいか、東京以外の選択肢も含めて、きっと考えると思うのです。でもその頃はもっとすべてが億劫になっているでしょう。だから、いちばん若い今、少しでも身軽になっておきたいのです。

65歳までに晩年を過ごす場所を決める

もしかしたら、母に施設に入ってもらわなければならない日が遠からず来るかもしれない、と思い、長崎、福岡、東京で介護施設を探してみたことがあります。ご存じのように、施設もさまざまです。調べながら「もしかして同じような施設でも、地方の方が場所もよくて費用も安いのかも？」と思い始めました。

条件を同じにして比較しやすかったので、ホテルライクな豪華な施設で比べてみました。東京と福岡を比較すると、同等の施設でかかる費用は　東京が高い。同じ会社が運営する同じような施設が東京都心と博多の中心にあるケースでは、価格が2倍近く違いました。土地の値段、人件費、食材費、すべて違うから当たり前です。きゅうりの値段が違うのと同じ。もちろん、介護施設は設備や場所の違いだけではないさまざまな要素があるので、単純に比較して云々するのはよろしくないと思います。また、あくまでも私がネットなどで見られた範囲の施設での比較です。

母のために検討し始めたのですが、いつしかわがことと重ねていました。

友達に会いに行ったり来たり、自由な外出がままならなくなってから施設に入るわけです。私は子どもがいないし、相方以外にはそこを訪ねてきてくれる人はほぼいないでしょう。そのときは、どの街にいるかより、どんな施設にいるか、が大切なのかもしれません。

相方に話したら「そういう日のことを想像したり、予定したりすることそのものがイヤ」

これからますます思い通りにならないのが人生だし、と言われました。うん、そうかもしれません。考えても思い通りにならないのが人生だし、

これからますます思い通りになりにくくなるのかもしれません。ただ、知識として踏まえておくのは決してマイナスではないぞ、と私は思っています。

20年以上暮らした家を出て、サイズを半分にしたことで少し身軽になりました。さらにもっともっと身軽になったら、新しい街に住む楽しさを、いくつかの街で、エアビー（Airbnb）などを活用しながら試してみてもいいなと思っています。

そんなこんなで、旅をするたびに「ここに住むとしたら？」と考えるようになりました。国内外、行く先々で「ここで暮らせるかな？」と自分に問いかけています。

break time

ZARAでいいんじゃない？

ZARA愛のはじまり

この5、6年、ついに洋服の6割はZARAになってきた。マイベスト10にもかなり食い込んでいる。

最初の出合いは、ZARAが生まれた国、スペイン。今、ZARAを知らない人はいないけど、1999年は違ったはず。

その1999年のスペイン旅でのこと。バルセロナで、すてきなショーウインドウを見つけた。街の中心カタルーニャ広場からも近い、広々としたグラシア通り沿いで、店も大きかった。入ってみて、ほんと――に驚いた。まるでハイブランドのようなデザインで、美しい発色、しっかりとした生地のジャケットやスカート、パンツ、そのほぼすべてが、日本円で3千円から8千円くらいだったのだ。店の中心で、心の底から、ブラボー！　と叫ぶ私（イタリア語だよ）。

しかも、いい意味でテイストが限定されておらず、さまざまな方向性の服がある。〝自分はこういう感じ〟と決められず、いろんな服が気になる私にとってはパラダイスじゃないか。試着も自由。当時はファストファッションが今のように浸透していなかったから、そのカジュアルな売り方にも感動した。

帰国して調べたら、ZARAはこの数か月前、1998年に日本に上陸したばかり。まだ渋谷に1店舗あるだけだった。

あれから30年もたたないのに、今や先進国の女性なら、誰もが1着は持っている、英国のキャサリン妃だって着ている。なにしろ、世界のアパレルのトップランナーで、5兆8千億円を売り上げる大企業なのだ。日本国内にも68店舗あるとか。しかも、店舗が広告という考え方で、広告キャンペーンはやらず。すご。

なにしろZARAは、自身がファストファッションじゃないと言っている通り、他とは一線を画す。デザインも素材も無限に感じるほど多種多様だ。決して無難なものばかりではなく、上品だけど、どこか攻めているのがいい。〝どこで着るねん！〟と突っ込みたくなるロングドレスやカフタン、シースルー、キラキラ、深すぎるスリット、すべてはそのシーズンのトレンド。ハイブランドのコレクションをウェブや雑誌で見てから、ZARAを見るといろいろ納得する。決してコピーではないのに上手に生かされて、全てがここ（ZARA）にあるな、と思う。しかも価格はリーズナブル。羊の本革のやわらかなスカートが例えば3万円だとして、ZARAにしては高いなと思うが、他でそのクオリティとデザインのものは買えない。千円台のTシャツも、5千円台のブラウスも、納得のプライス。

企業として興味深い

以前読んだ繊研新聞の記事（2017／08／04電子版）によれば、まず〝次のシーズンにきそうな（流行りそうな）素材〟を押さえることから始まるらしい。名前が表に出るわけではない600人以上のデザイナーが社内にいて、ZARAをはじめグループの製品のデザインをしているそう。商品はグループ全体で年間5万アイテム超えとか。なにしろ、他のファストファッションのように「色ちがい」が少ない。せいぜいあっても2、3色展開で、デザインそのものが違う服がずらっと並ぶ。

だからあらゆる雰囲気が好きな人に対応できているのだ。ZARAの店舗に行くと、トラッドっぽい人からロックな人まで、ティーンから70代まで、ほんとにさまざまなお客さんがいる。

多くのブランドはシーズン頭にそのシーズンのラインナップを出すが、ZARAの場合はシーズン先駆け、中、次シーズンへの橋渡しと、常に新しい商品を出す、だから常に新たな欲しいものが登場する。

なぜ繊研新聞まで読んでいるのかというと、服もさることながら、企業としてすごいなと思い、さまざまな記事を見つけると読み込んでいるからだ。

創業の地まで訪ねた、推し活？

ZARAの歴史は1975年にアマンシオ・オルテガとロザリア・メラ夫妻がスペインのガリシア地方にあるア・コルーニャという街で始めた店からスタートした。実はZARAが気になりすぎて、そのア・コルーニャまで行ったのは私だ（スペインの西の端、遠い）。

今も本社はそこにあって、当時とは違うが、古い歴史的建造物をリノベーションした美しい木枠とガラスに囲まれたシックな店もある。朝ランで誰もいないその店を通ったときに見た、やわらかい日差しがさす中でたくさんの服たちが輝く様子は忘れがたい。推し活か。

2024年夏、はじめてZARAに出合って以来、久しぶりにバルセロナに行った。そして再びびっくり、街を歩けばZARAにあたる、だったのだ。ZARA王国、そんな言葉が浮かぶ。どの店も大混雑。自分の国にもきっとあるだろうに、観光客も多かった。ちなみに、スペインはじめユーロ圏では、日本より2割から3割お安く買える。

ZARAは、各店舗の商品ラインナップを、各店舗で決めると聞いた。現場が売れ筋やお客さんを見て、本社に発注する仕組みなのだ。現場がバイヤーだから、その店で売れたもの、売れるものが補充されるそう。同じバルセロナでも並ぶ服のラインナップや雰囲気が違うのはそのせいか。泊まったホテルのすぐ近くのZARAには、毎日、深夜になると大量の段ボール箱が搬入されていた。

ファッション誌として見るウェブサイト

最近はもっぱら、ウェブサイトで購入している。とてもよくできていて、操作性がいいし、返品含めてサービスはほぼ完璧だと思う。

とにかく写真がきれい。今、ZARAこそがヴィクトリアズ・シークレット（スーパーモデルを起用することで注目を集めたアメリカの下着メーカー）だと思うくらい、スーパーモデルがずらり。彼女たちが服のイメージにぴったりなロケーションでほぼ完璧に着こなす。人種的多様性は感じるが、細いのは共通。これには賛否両論あると思う。たとえばH&Mは太めのモデルもいるし、メインは中肉中背。ユニクロもそう。ZARAも一時期、太めのモデルを起用した時期があったけど、やめてしまったから、ZARAファンには受けなかったのかもしれない。

私は買い物をするためだけでなく、ファッション誌代わりと思ってサイトを見ている。服を売るための通販サイトなのに、モノクロの写真があったり、顔のアップがあったりするから面白い。

ところで、私がZARAで買う時は、ボタンだけ気をつけてよく見るようにしている。ボタンに安さが出がちだと感じるので。またスーパーモデル達が着ていて、似合っていないもの、あの細ボディが太めに見えてしまっているものは、やめておく。彼女たちに着こなせないものが着こなせるはずないから。

ウェブサイトからならバーゲンにひと足先に参加できるのもユニークだ。前日にお目当てをカートに入れると翌日以降の割引価格が表示されるという驚きの仕組み。前日にカートに入れておけば、バーゲン初日に購入ボタンを押すだけ、焦らなくて大丈夫。

自社製造自社販売だから最終的には考えられないくらいまで値引きすることもあり。ある時、シーズンの終わりで五分の一まで値下げされていた銀色のアルミホイルみたいなチューブロングドレスを購入し、友達のお祝いの会で着たら、みんながほめてくれた。

映画2回分弱のお値段で非日常が味わえて、とても満足。私は、おいしいケーキのようにその刹那を楽しむための服もあっていいと思っている。コンサバから攻めているものまでぜんぶあるZARAはその強い味方だ。

ZARAでいいんじゃない？

第2章

家事を減らす
ひとりで抱えない

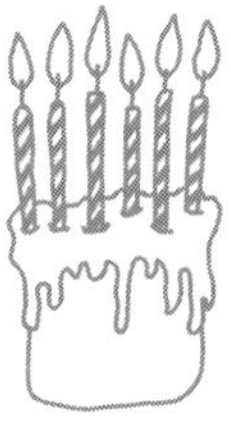

KANRENI
JITAKU

おいしいものは変わる どんどんシンプルに

料理家、鍋を焦がす

50代半ばになってから、鍋を火にかけていたのを忘れたり、作りおきの存在を忘れたりするようになりました。正直、愕然としました。つい30分ほど前に火にかけたのに、他の家事をして少しだけ離れている間にもう忘れている。焦げる匂いがするまで気づかない。鍋を焦がしたのも一、二度ではありません。ちなみに職業は料理家です。

作っている途中でも忘れるわけですから、作っておいたものも忘れます。明日食べようと思って前日に作っておいた煮物を、当の夕飯に出し忘れる。お客さんに出すつもりだった料理を、冷蔵庫に入れたまま、皆さんが帰ってから思い出す、などなど。

そこまで完全に忘れるかな？　そのヌケっぷり、早すぎじゃない？　と自分に言いたいですが、現実は厳しい、仕方ありません。

おのれの変化を劣化だと思い、それが許せず、そんなはずはない、二度と忘れないと誓ってみたけど、またやるのであきらめました。最近はスマホでタイマーをかけ、冷蔵庫に付箋を貼っています。

「ニワトリ並みの記憶力になったよ」と相方に言ったら、「ニワトリに怒られるよ」と苦笑されました。まったくです。以前読んだイギリスのロザムンド・ヤングの『牛たちの知られざる生活』に、羊は会った人の顔をすべて覚えているとあったような（ムリっ）。ニワトリだって実はすごいかも。

以前から私は自分の主宰する料理教室で「冷凍室は忘却の装置だから、忘れないように気をつけて」と言っていました。今や冷凍室に入れるまでもなく、忘却の彼方へ行ってしまうわけです。グッドバイ。

料理はシンプルに、買いおかない、作りおかない

一方で、忘れがちになったことに呼応するかのように、食べたいものが変わってきました。煮込み料理など時間がかかる重ためな仕上がりのものはあまり食べたくなくなったのです。いや、煮込んでいることを忘れるからっていう負け惜しみではなく。

春には、ただ筍を焼いたり、だしでさっと煮たり、昔ながらの油揚げと炊き込みごはんにしたり。好物のスナップエンドウなど春野菜をさっとゆでたり炒めたり、たま〜に精進揚げにしたり。

初夏にむけておいしくなるトマトはそのまま切って、おいしい塩と。せいぜいモッツァレッラと合わせたり、皮ごと塩焼きしたレモンを添えるくらい。入梅時は、いい子と目があえば鰯をサッと煮るのも好きです。

夏は皮が焦げるまでしっかり焼いたなすを梅酢やめんつゆやポン酢に数時間つけておいて新生姜をおろして添えればごちそう。ピーマンや万願寺とうがらしを焼いて梅だれで食べたり。きゅうりの塩もみに二杯酢に走りのブドウをのっけたり。青じそやみょうがを刻

んでたっぷりの薬味をのせた冷奴。そして長崎・島原のそうめん。

秋には、鯖や秋刀魚を焼いて。きのこをたくさん入れたとん汁や、炊き込みご飯。根菜と青菜の白和えや里芋の炊いたん。れんこんやごぼうのきんぴら。れんこんは丸ごとホイルに包んで焼くのもいい。

冬はしゃぶしゃぶの鍋や水餃子、かぶを焼いたり、鶏を炊いたり。ブリのアラ炊き、大根の煮物、さっと焼きながらレモンをからめた鶏や、にんじんのスープなど。

こう書けば丁寧に暮らしているふうに見えますが、どれもその日出合った材料で作れるシンプルな、てらいのないおかずです。

こんなラインナップだから買いおきもあまりしなくなりました。この先、忙しいとわかっているときでもせいぜい明後日まで困らない分までに。

長崎から有機野菜と、滋賀から精肉を、それぞれ月に一度取り寄せしていて、これがいうなれば買いおき。どちらもどんなものが届くかはおまかせで、その月次第なので、届いたものを見て、何を作るか気分で決めます。焼く、蒸す、炒める、時々レンチン、そんなバリエーションで。

相方も、こってりとしたものを好まなくなりました。今でも肉が好きですが、塩と胡椒で焼いたり、しゃぶしゃぶしたりがよいようです。

作りおきも年々減って、今ではほとんどしなくなりました。夏には野菜が傷みやすいので、買ってきたらすぐにピクルスにしたり、塩水につけたり酢につけたりしておきますが、あくまでも延命のためで、作りおきというほどのものではありません。

自家製も減らしました。梅干しは、調味料としても重宝なので、今も毎年漬けていますが、母に習って20年以上、毎年仕込んでいた味噌は気が向いた年だけに。あとは季節のちょっとした遊びのような感覚で、2、3回分のジャムや漬物を楽しく作ります。そして1週間ほどで食べきります。

調味料もシンプルに。うちでは酢がいちばん出番が多く、塩、酒、醤油、梅干し、レモン、砂糖、味噌、と続き、胡椒を筆頭にスパイスがときどき加わります。とはいえ常備しているのは、黒と白の胡椒、複合スパイスのカレー粉、ガラムマサラ、くらいでしょうか。気分でシナモンや、好きなのでクローブやナツメグを。いずれも使い切れないときは紅茶やほうじ茶に入れれば、いい感じのマサラティになるラインナップです。

家で中華風は作りますが、それ以外のエスニック系の料理はほぼしなくなりました。カレーも、煮込まない野菜中心の軽やかなカレーがほとんどに。

自分にとってのおいしいが変わっていくのはごく自然なこと。私の場合、それに合わせていたら、料理がどんどんシンプルになりました。

そして、自分たちの好きなものを作って食べているから、家のごはんがいちばんおいしい。年々、そうなっている気がします。

道具はどんどん減らす

これにともなって道具も変わりました。まず重たい鍋。仕事柄でもありますが、20歳くらいからル・クルーゼにはじまり、ストウブやバーミキュラなど鋳鉄《ちゅうてつ》の重たい鍋をたくさん、実用ではなくコレクションかと思うほど求めていましたが、この数年で三分の一まで減らしました。もしかするとそれでもこの仕事をしているから多めに残しているのかもしれません。

その中で、自分が実際に日々の料理で愛用しているのは、ストウブの深さ7センチ（浅め）径24センチの平べったい鍋と、ココットの14センチ径のものだけです。ストウブは内側が琺瑯《ほうろう》びきではないので鉄のフライパンのように使っても大丈夫。ごしごし洗えるし、扱いやすい。

これに、鉄のフライパン（山田工業所）がサイズ違いでふたつ、作家さんによる深めの鉄のフライパン、テフロンのフライパンひとつ（ティファール）、厚めの行平鍋（姫野作）ふたつ、24センチの蒸篭《せいろ》（照宝）、ステンレスの20センチの鍋（柳宗理）というのが1軍のラインナップです。

ボウルやざる、バット、包丁やトング、レードルも引っ越しにともなって見直して、全体の二分の一にしました。まあ、それでも多いな、もっと減らせるなと思っています。還暦までに三分の一まで減らすつもりです。

食べたいものが変わって、料理が変わり、買いおきを減らし、作りおきを減らし、道具を減らしたら、とても快適。料理の楽しみをあきらめたのではなく、かえって、今自分が食べたい料理が、これまでより作りやすくなりました。

やっぱり料理は楽しい、一日でも長く続けたい。

自分好みの味を食べ続けるために

最初が肝心？

映画『プリティ・ウーマン』でよく思い出すシーンがあります（ジュリア・ロバーツとリチャード・ギア主演のラブ・ストーリー。不動の好きな映画ベスト3のひとつ、観ていない人っている？　いるならぜひ）。

リチャード・ギアがジュリア・ロバーツに真っ赤なイブニングドレスをプレゼントし、宝飾店（たしかフレッド）で借りた25万ドルのルビーとダイヤモンドのネックレスをつけてあげて、サンフランシスコまで自家用飛行機でエスコートします。行き先は、オペラハウス。彼女にとってオペラはもちろんはじめて。演目がイタリアオペラと聞いて、言葉がわからないわ、と言いながらテンション上がる彼女に、劇場内が暗くなり幕が開く直前に彼が言うのです。

「オペラ体験は最初が肝心だ、好きか嫌いか、好きならオペラは君の一生の友になる」と。

ああ、リチャード・ギアのかっこよさよ。

始まると言葉がわからないそのオペラに、彼女は夢中になり、身をのり出し涙する。彼が彼女に今まで以上に惹かれる瞬間であり、見ている私たちは、戸惑いながらも彼女に心酔していくギア様に深く納得する瞬間でもあり。隣のボックスの老婦人に感想を聞かれ「感激してパンツにおしっこをちびったわ」と言う彼女が、またいい。


これってすべてに言えるよなぁと思って、はじめて経験することを前にすると、毎回思い出すのです。はじめての旅先、はじめてのレストラン、はじめて食べるもの、はじめて作る料理でも。

たとえば「おだしの教室」に来てくれた方が、はじめてだしを引くと聞くと、おお、ここで私が紹介するだしがこれからの彼女とだしの付き合い方を決めてしまうかも、最高の始まりになりますように、とジュリア・ロバーツのオペラでの涙が浮かぶ、のです。

最悪な初体験から始まったレンジ料理

はじめての経験がさんざんで、〝私はもういいわ〟と思ったのが電子レンジ調理でした。大学生のころ、下宿していた叔母の家で、新たに導入されたレンジを使ってみたのです。ぴたっとラップを巻いてジャガイモをレンチンしたのですが、底の方が固くなって、ラップはなんだかへばりつくし、ゆでたり蒸したりするのとはまったく違いました。

このたった1回のがっかり体験で20年以上、家にレンジを置かない生活をしていたのだから、初体験の力恐るべしです。

以来、料理家として仕事をする中でも、雑誌、テレビ、書籍、いずれでも一度もレンジ料理を紹介したことはありませんでした。初体験でのがっかりに加えて、心のどこかで電子レンジを使うのはずぼら、怠けている、手抜き、と勝手に思い込んでいたのです。正直に告白すると、料理家たるもの使わないぞ！　とまで思っていました。

そんな私が、50歳になって、レンジに目覚め、かなり熱心に学び、取り組むようになったのです。

なぜか？　きっかけは80代を迎えた母でした。

何歳まで料理しますか

母は料理が大好きでした。そしてとても上手だった。一緒に暮らしていた高校卒業までは、毎日違う朝ごはん、違うおかずのお弁当、晩ごはんを、私はそれがまるで当然のように、ただおいしい、おいしいと食べていました。今振り返れば、料理がよっぽど好きだったのだなと思うし、それでも大変だったろうなと思います。大学で東京へ出てからは、私が帰省すると、いつも長崎らしい、母らしいご馳走を作って迎えてくれました。

毎年暮れの25日くらいから〝鶴の恩返し〟のように台所にこもって、何日もかけて凝ったお正月料理を作り、〝食べはじめたら一瞬ね〟とみんなが食べるのをうれしそうに見ていたのもよく覚えています。母の料理のおかげで私は食いしん坊になったし、料理の力を信じられるようになった。そして仕事にしたいと思うようになりました。

その母が、80歳になった頃「料理が元気のバロメーターだったのよ、私の。でも、もう思うようにできない。あなたに何も食べさせられなくなった」と、目に涙をいっぱいためて言いました。

そんなのいいんだよ、買ってきてもいいし、今はいろんな便利なものもあるから、ともちろん言いました。でも母はレトルトや買ったおかずが続くのはいやだったようです。

私は帰省すると、煮物やカレーなどの温めるだけの料理を作りおいて帰るようになりました。母はこれらを鍋に移して温めていて、「レンジすればいいのに〜」と言ってみたものの、もう新しいことはやりたがらなかった。

母を見ながら、私も同じだ、と思い至りました。

今のうちに使えるようになった方がいいのかも、はじめてそう思いました。もし母がレンジを使えたなら、もう少しラクができたよね、何よりもっと手軽に自分の味を食べ続けられたんじゃないか？　そう思うようになったのです。

そしてはじめて、私はいくつまで料理できるのかな。外食や中食は、たまにならいいけど、しょっぱすぎたり、味が濃すぎたりする、きっと母も同じ気持ちだったと思う、80歳でも、いや生きている限り、できたら自分の好きな味を食べたいな、と考えるようになりました。

50代はレンジ下手が多い

より少ない負担で一生自分の味で食べ続けるために、フライパンや蒸籠《せいろ》と同じ、ひとつの加熱調理器具としてレンジを使いこなしたい、そう思いました。

始めてみたら、遅ればせながら、なかなか面白い。温める以外の調理に使ってみると、そのよさも、難しさもわかるようになりました。

何でもレンジで作ろうとは思いません。私なりにレンジでこそおいしい料理を見つけたかった。だから使いこなすには時間がかかりました。

私の最初の失敗＝じゃがいもをゆでたら底だけ固くなったのは、レンジで使われているマイクロ波の特徴によるもので、温度が上がりやすい外側が温まると、その部分が局所的に強く加熱されてしまう性質があるかららしいなど、やや小難しいことも学びつつ、ひたすら試行錯誤しました。

長く加熱しても鍋で作る煮込みのようにやわらかくはならない、カリッとさせるのは苦手、酒（アルコール）は加熱しても飛びにくい、栄養も逃げないけどアクも逃げない、などなど。

破裂や突沸（レンジから出すと外側は平穏に見えても中が沸騰していて、ぶわっと沸き上がってくる）など、やけどを避けるためのトリセツもわかってきました。

そして数年後、レンジを使ったレシピを、主に50代向けのメディアの連載で紹介するようになりました。慣れるまでには時間がかかるから、「せめて50代から始めた方がいいよ」

というメッセージも込めて。というのも、50代以上は、温め以外に使っていない人が案外多いと気がついたからです。

電子レンジの量産が始まったのが1962年。当時はとても高価なものでした。そして6万円前後のファミリー向け電子レンジが登場するのが1967年頃。当時の会社員世帯の実収入が月8万円弱だったようですから、一般家庭に普及していくのはもう少し先のこと。つまり電子レンジは、今の50代、60代とほぼ一緒に歩んできたのです。日本の右肩上がりの経済成長と一緒に普及していった調理器具。

80代になる私たちの母親世代にとっては、30代後半から40代になってから普及した新製品ですから、オーブンや蒸し器を凌駕するような存在にはなかなかならなかったようです。

何しろ母たちの世代は、手抜きをせず丁寧に家族のためにご飯を作る、それこそが母親の使命、良き母親の姿、それが正しい道だと信じて疑えなかった世代。家族の食生活は私にかかっている、責任者は私だと思っていた世代です。

そんな母親に育てられた私たちは、生まれたときからレンジ世代のいまの30代以下とはやっぱり違います。同世代から、「温める以外に使ったことがほとんどない」、さらには「手抜きっぽいから大っぴらには言えない」、はたまた、レンジで作ると夫に「レンジか、手抜きだな、と言われる」なんて声を、多く耳にしました。

自分の味で食べ続けるためにレンジも使う

その後、「きょうの料理ビギナーズ」が特集を組んでくれ、数回の連載を経て、2023年の10月には『50歳からはじめる、大人のレンジ料理』という書籍を刊行しました。いやはや自分でもびっくり。

実は、このレンジ料理の連載が始まった時、事情を知らない知人の料理編集者さんから「魂売ったの?」と言われました。レンジ料理についてまわる、手抜き、時短、ラク、といったキーワードをどちらかといえば避けてきた私への愛のツッコミだったと思います。「ありがとー、でもさ、私は今のうちにレンジが使えるようになって、心の底からよかったと思っているんだ」と伝えました。料理の幅が広がり、自分自身の手で作る料理が延命できるな、と思えたからです。

野菜の肉巻き（中の野菜にフレッシュ感がある肉巻きに仕上がる）や、崩した豆腐を使った豆腐料理（ふわっふわに仕上がる）、冷ごはん＋具材のおじや、そしてカレーなど、鍋で作るよりおいしいというか、レンジならではのおいしさの料理が生まれました。特に、カレーは、おすすめ。旬の野菜を使ったノンオイルですっきりしたレンジカレーを私もよく作るし、それを紹介するとたくさんの方に、作ったよ、おいしくてびっくり、という声をいただきます。うれしい。

大量に作りがちなカレーが、さくっと1、2人分作れるのもいいところ。レンジは1人分か2人分に向いているのです。逆に言えば3人分以上の家族のごはんには向きません。その意味でも50代以降にぴったり。洗い物が少ないのもポイントでしょう。

私は2回に分けてレンジしなければならない料理とか、よく考えたら鍋の方が楽だよね、というようなレンジ料理はしないようにしています。

レンジ料理の本の中でも、老いの先生である母がきっかけをくれたことに触れました。それを読まれた朝日新聞の記者の方から取材の依頼があり、「料理がしんどいあなたへ、老いていくなかでこそ、料理をラクにしていきたい」という特集で取り上げられました。

読者の方から記事に寄せられた感想で印象的だったのが「とても共感した、母にまず伝えて、一緒にやってみたい」「仕事には定年があるけど、料理には定年がないのが、しんどい、これからが不安なのでやってみる」という声でした。

今はまだ私も鉄のフライパンを使っているし、重たい鍋も時々使っています。でも、60代、70代、80代と、これまでできていたことができなくなり、しんどくなっていくはず。

レンジ料理に挑戦したおかげで、自分らしく暮らし続けるために、負担を軽くできるものが家事全般にまだまだたくさんあると思うようになりました。ラクを邪魔してしまう固定観念は捨てて、見つけたら〝改ラク〟するようにしています。

家事放棄で見えてきた、夫は洗濯好きだった⁉

早めに白旗を上げよう

家事は料理以外にもいろいろあります。片づけや掃除、洗濯、名前のない家事もたくさん。そんな家事を楽にするには、モノを減らすことがいちばんの近道だと確信しています。モノのない広々した床なら掃除機をかけるのもラク。ホテルの掃除が速いのも、最小限のモノしかないからでしょう。だから、とにかく還暦までにすべてのモノを二分の一、三分の一にしたいともがいています。その真っ最中。

そんな途上でも、家事はどんどんラクにしたい。ひとりで抱えないようにしたい。有効だなと思うのは、早めに白旗を上げることです。

ドラマ「虎に翼」でのこと。一家の家事を担っていたお母さん＝ハルさんが亡くなり、長男の嫁で専業主婦だった花江ちゃんがそれを一手に引き受けていました。でもある時、「もう無理だから、限界だから、みんな手伝って」とお願いします。もちろんだよ、とみんなは喜んで分担してくれるように。花江ちゃんが一人で背負うのは無理がある、限界近し、と気づいていたから。

現代の生活でもこういうことってあります。実はもう限界だからやってほしいと言えば、そんなに嫌がらずにやってくれるのに、一人で背負って自分を追い込んでいる、そしてきげんも悪くなる。私がそうでした。

家事放棄してみてよかったよ

結婚してから2回、家事放棄したことがあります。かなり本格的な、あらかじめ宣言した上での、家事放棄。けんかが原因ではなく、仕事がとても忙しくて追いつめられたから。50歳を前に、更年期的な症状も始まる中で、はじめての、読み物の多い料理の本の原稿書きに追われ、料理教室や雑誌の仕事も重なり、にっちもさっちもいかなくなりました。時間を捻出するためには、睡眠時間を極端に減らすしかない、でも寝ていないと原稿は書けません。若くないし、体力的にも、無理がきかなくなっていました。

私は、九州・長崎で、年下でも、子どもでも、男子は絶対に皿も下げないような、九州あるあるの家で育ったので、かなり後ろめたい気持ちで家事を休みたいと申し出ました。

これに対し相方は、「家が散らかっても死ぬわけじゃなし」と案外平気。翌日は帰りに、朝ごはんのためのコーンフレークを買ってきました。〝いやそうじゃない、散らかし放題でいいわけじゃないんだ〞と、途中で気がついたみたいで、カードのポイントでルンバを（勝手に）購入し、洗濯やゴミ出し、皿洗いもやるようになりました。

私は自分も食べるし、試作もしなければならないので料理だけやって、あとはずーっとこもって書いて、この時は、クリスマスも出版社にこもって、2週間ほどの家事放棄期間を終えました。

その経験は、本の完成だけでなく、私に大きな気づきをもたらしました。もしかして私は大いなる勘違いをしていたのではないか？

そもそも、私が家事をひとりで抱えることは期待されていなかった！　という衝撃的な気づき。

さらに、彼を自分と対等な暮らし手だと思っていなかった、という反省。うちは相方とふたり家族で、彼は大人で健康で賢くもある、それなりに。それなのに私がやってあげなきゃと思うことはかえって失礼だったのかもしれないと気づいたのです。

彼としては、つらいのに家事までがんばってやって、私がきげんが悪くなるより、家事は休んでもいいからごきげんでいてほしいようでした。

家事かごきげんか？　と言われれば、ごきげんだと。彼は私の仕事のいちばんの理解者のはず。情熱をかけて取り組んでいるなら、髪振り乱して忙しいときもあるよ、そんなときに、家のことができないと嘆く必要なんてない、と言うに決まっていたのです（たぶん）。

逆の立場だったら、私もそう思う。そもそも彼は、自分が忙しくてにっちもさっちもいかないときに、家事をどうしようなんていう、発想さえないでしょう（それが問題だという意見はさておき）。

いつもお願いしていると、負担は減らない

もうひとつの気づき、それは男というのは言われないとわからない生き物である、またはそうなりがちだということでした（例外もあるでしょう）。

女性は家事をやっても当たり前で、ほめられることはほぼないと思います。料理は、おいしかったと言われることがあったとしても、皿を洗ってくれてありがとう。洗濯してくれてありがとうなんて言われません。たしかＣＭで草彅くんが、洗濯物がふわふわに仕上がって感謝していた記憶はありますけど、あれは柔軟剤に？

しかし、男性の場合、家事をやると「ありがとう」、「助かったわ」と言ってもらったりします、よね？　だからなのか？　いつも手伝う側にいるからか？　家事をわがことと思えないのだと気づきました。

Googleのオンライン・セールスおよびオペレーション担当副社長、フェイスブックのＣＯＯを歴任したシェリル・サンドバーグは、著書『ＬＥＡＮ ＩＮ リーン・イン　女性、仕事、リーダーへの意欲』の中で、「パートナーをほんとうのパートナーにしたいなら、彼を対等に、つまり対等の能力をもつ人間として扱うことである。「そんなこと言われても」

と思った読者は、次のことを覚えておいてほしい。ある調査によると、管理者然としてふるまう妻は、より協力的なアプローチをとる妻に比べ、週五時間もよけいに家事・育児を引き受けているのである。」と書いています。

つまり、妻が家事内容も、分担も決めて管理すると、結局、妻の負担が増えるということ。差配して〝手伝わせる〟と、いつまでも本来の担い手はこっち＝妻、ってことになるよ、と。うん、なるほど確かにそうかもしれない。

家事放棄では、私が一切やらないだけでなく、割り当てどころか、頼みもしないし、結果にもコミットしませんでした。本当に切羽詰まっていたので、洗濯ものの干し方がひどい＝私と違っても、何も言わない。セーターを間違えて洗って縮んでもおかまいなし。洗った皿が、突拍子もないところにしまってあってもＯＫでした。

家事を分担したかったら、一切やらなきゃいいのに！

私より少し先輩のある大学教授とお話しする機会がありました。家事の話になったとき、彼女が「私はお料理はほとんどしなくて、夫が好きなのでやってくれる。私が時々お味噌汁なんか作ると、おいしい！　と絶賛してくれるんだけどね。洗濯ものも、干さない、すべて乾燥機。セーターやTシャツがちっちゃくなっても、笑って、なんとか着れるわよーって言ってるの。だからね、夫に家事を手伝ってほしいっていう人は、まったくやらなかったらいいんじゃないかしら？」と、ほがらかにおっしゃったのです。

私も仕事を気持ちよくやっていくには自分のホームが大切だと常々思ってます。とりわけ、パートナーとの関係が良好であることは男女問わず支えになると感じます。それは別に世界的企業のCEOや、大学教授でなくても。

私は家事放棄して仕事に集中した時に、彼が「私が仕事を、彼にとっての仕事と同じように、とても大切にしていると理解している」ってことを、やっと信じられるようになりました。

そしてお互いが気持ちよく暮らすには、継続的な日々のコミュニケーション、会話がとても大事だと改めて感じました。

私は仕事内容を細かく話すことはあまりありません。それでも、今仕事がどのぐらい大変かとか、新しい仕事が始まったとか、そういうことは話します。最初の読者として、書き上げた原稿を読んでもらうこともあるし、試作した料理を食べてもらうのは毎度のことです。

相方は仕事の話を割とよくするし、今日はどうだった？　と私から聞くこともあります。

なんだ、洗濯好きだったのかー

2度目に家事放棄したのはつい最近のこと。悪気はなくて、言われないとわからないのだという理解の下、しわにならない洗濯物の干し方を伝えると、なるほどと理解して嬉々として実践するように。うぬ？　もしかして洗濯好き？　聞いてみると、ひとり暮らしの時からやっているから、比較的自信のある家事だそう。以来、ほぼぜんぶ彼がやっています（しまうのは私ですけど）。

結婚ってなんだろう？　その答えは人それぞれだと思います。私は夫婦はひとつの家で暮らすふたりの生活者でもあると思うようになりました。心がつながっているといっても、そのつながりは〝互いが暮らしを支え合う〟中ではじめて目に見えるようになると感じます。暮らしに、家事のしめる割合は少なくありません。

50代にもなれば、ましてや60代間近になれば、子どもがいる人も、そろそろふたりに戻るころ。お互いの親を看取ったり、どちらかが病気になったり、人生の一大事を共に乗り越えることにもなります。

一大事だからこそ、どんなに仲がいい夫婦でも、相手を足りないと思うことや、痒いところに手が届かないと思うことは、お互いにあるはずです。うちでもある。そんなときは、言わないで気づいてよ、とか思わず、言わないとわかんないよねと思いなおすようにしています。どんなに近くにいてもコミュニケーションに手を抜かないようにしたい。

でもそれこそ1日にしてならずで、相手を思って料理する、皿洗いする、洗濯物を干す、それもどちらか片方だけでなく、お互いやる、その積み重ねが欠かせないんだよ、と思うのです。

そうやって、ひとりでも生きていけるふたりが、一緒に暮らしたいから暮らしている関係であり続けられたらいいな、何よりも元気で、と。

第3章

最期まで、上を向いて歩こう

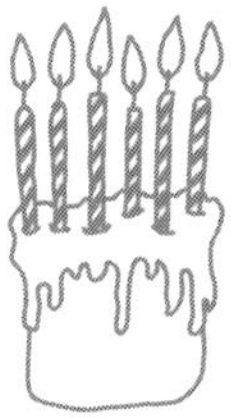

KANREKI JITAKU

死ぬまで歩きたい

歩く＝自由だ

死ぬまで歩くためには、今日も歩くしかない、これも母に教えられました。

母は歩かない人でした。スポーツも見るのは好きだけど、するのは好きじゃない。70代に入るころでしょうか。運動した方がいいよ、と私もすすめました。歩くだけでもいいからと言うと、しばらくは散歩してみるけど、なかなか続かない。友達から近所のジムに誘われたようですが、行かず。唯一、神社で開催されていた太極拳クラスに行くようになりましたが、昇段試験のようなものがあったそうで、そこまではいいわ、と3年くらいで自然退会へ。

80代になって、徐々に歩くのがつらくなっていく中で「歩くとは昔から好かんやったもんねえ」と、ぽそりと言っていました。痩せ型で、成人病もなく、運動が必須と言われることもなかったからかもしれません。

母の弟である叔父もほぼ車の人でした。しかし彼は60代でがんを患ったときに先生から「これからは歩いた方がいいですよ。歩くのがいちばんかんたんに筋力を維持できます」と言われて一念発起。毎日8千歩近くを散歩するようになりました。自宅の3キロほど先に、新聞全紙をそろえている喫茶店を見つけて、そこで新聞を読みながらコーヒーを飲むことを楽しみに歩いていたようです。「歩くのと、車に乗っているのでは街の景色が違う」と言っていました。喫茶店で小耳にはさむ話も面白かったみたい。

さすがに80代になってからはお休みする日も、半分の歩数の日もあったようですが、85歳の今も私と一緒に歩けるし、タクシーは使わず積極的にバスに乗っています。「60歳からだけど、歩くようになって、人生変わった」と言っています。ゆっくりでも、歩けることが自信になっているのだと感じます。

人生の最期の日までできるだけ自分のことは自分でできますように、と願う人は私だけじゃないですよね。私はふたりを見ていて、歩けることの大切さを強く意識するようになりました。歩く=自由なんだ、と。

他の病にしてやられることもあるし、歩ける叔父もがんサバイバーだし、血管にステントを入れていたり、目の調子が悪かったり、いろいろあります。だけど、自分で歩けるってすばらしい(何かの事情でかなわなくなっても、歩行器や車いすで、豊かな日々は過ごせるのだとは思いますが)。

〝死ぬまで歩きたい〟が私の夢、希望になりました。しかしそれは一朝一夕ではかなわないのかもしれません。

100メートル走はいつもビリギャル

「旅先で朝ランしています」と旅の本に書きました。面白そう、と言ってくださる方が多くて、うれしいやら恥ずかしいやら。なにしろ、かなりのへっぽこランナーで、とても遅い。それでも確かに旅先ではほぼ必ず走ります。知らない街を早送りで見られるのがとても楽しい。せっかちなのかも。

特に〝朝ラン〟がいいのです。朝はそこに住んでいる人のもの。暮らしてみないとわからないいろいろがチラ見えして、発見がたくさんあります。

とはいえ、いきなり旅でだけ走るわけではないのであります。普段は平均すると週に1回くらいご近所を走っています（5キロが限界）。ものすごく遅くて、1キロあたり8分、時には9分のへっぽこです。しかしこのレベルのランも今でこそ！　自分ではでかした、と思っています。

なにをかくそう、私は子どもの頃から運動は（も）苦手。徒競走はいつもビリギャル。映画『ビリギャル』のように起死回生のホームランもなくずーーっとビリでした。跳び箱も大きくジャンプしたつもりが、箱の上に座っているだけ。バレーボールやバスケットではボールを触った瞬間に突き指するような子どもでした。長じて高校生のときも、年に1回の10キロランでは1周目にお好み焼き屋にかくれるようなそんなダメダメなやつでした。母の遺伝か。

しかし30代後半にして、運命を変える出会いがあったのです。たしか38歳の時、膝と腰が痛くて、歩くのもつらくなってきました。当時まだ履いていた高めのヒールがいけない？　膝に負担が？　とかいろいろ考えて、病院も行きましたが原因がわからない。たまたま見たネット広告に、「体のゆがみをパーソナルトレーニングで治しませんか？」とあり、近所だったのでお試しに行ってみたのです。

そこで、映画『海猿』の伊藤英明さんみたいな（あくまで筋肉が）ベテランのトレーナーさんから「身体の左右差がひどい。手の長さが左右10センチくらい違う。ずれてます」と言われました。

ポールに背筋をのせて手を動かしたり、スクワットの弱めアレンジ的なことをやったりして40分。なんかいいかも？　この人についていってみよう！　と心の中で決意した矢先「山脇さん、筋肉が全然ないから（発言ママ）、トレーナーさん紹介しますね。日体大で高齢者の筋肉向上を勉強した、若いけどしっかりした人です」と爽やかに、やんわり断られた？　その方は著名なアスリートもみている巨匠だったらしく、心の声を代弁すると「いや、あなた、私がみるようなレベルのことやんなくていいでしょ？」ってことだったのです、たぶん。

えーっ、筋肉全然ないわけないじゃん、ひどい、と思いつつ、ご紹介いただいたのが、アイちゃんでした。

内田有紀似でスーパーかわいいけど、アイアンマンレースの国際大会（国内大会で入賞を重ねた人だけがエントリーできる）に出る、アイアンウーマン。トライアスロンの選手でありコーチでもある。うむ、この人もすごくない？？？　とおそるおそる、お願いしてみることにしました。

最初は、ストレッチ的なことを2か月くらい続けました。幸い膝も痛くなくなってきて、もうやめてもいいかなと不心得者の私が思い始めたころ、アイちゃんは「山脇さん、走りましょう！」と、輝く笑顔でとんでもないことを言い出したのです。

いやいやいやいや……ムリだから。小学校の時から（前記に戻る）と縷々《るる》説明しましたが、「ま、無理だったら帰ってくればいいから、まず近くの公園を走ってみましょう」えええええええええええええ（心の絶叫）。

しぶしぶ走ってみましたら、なんと走りだして200メートルにも満たないところで「アイちゃん、もう無理、帰りたいです」と言っている私が。アイちゃんも〝え、まだ200メートルも走ってないんだけど〟という顔。しかし言葉では「わ、わかりました、戻りましょう」と、目も合わせず。

がっかり以前、おどろきの無言バズーカが私の胸を射抜きました。大丈夫か私？　とさすがに、私も自分にドン引きしました。私って走れないんだ、と改めて知った瞬間です。

それでも、毎回、アイちゃんはにこやかに、「さ、走りましょう！」と言う。トレーニングのはじめに泣きながら、〝軽くジョグ〟することになりました。「おしゃべりしながらでいいですからね」と言ってくれるからなんとか走っていました。

不思議なことに、そうこうするうちにそんな私も、だんだん走れるようになってきたのです。と言っても、1キロ走れたと言って握手し、2キロ走れたと言って乾杯するようなレベルの話。

しかも不覚にも？ 楽しいかもしれない、と生まれてはじめて思うようになったのです。そのあたりからひとりでも走ってみるようになりました。最初は途中でくじけて、帰りにたった2停留所をバスに乗ったこともあります（まじか、まじです）。

旅先でも、早送りで街を見たい気持ちがガソリンになって、走ってみるように。すると、知らない街の知らない顔が見られる旅先の朝ランの楽しさに目覚めていきました。気がついたら、アイちゃんと毎回トレーニング前に3キロ走るようになっていたのです。おっしゃー。

これぞ運命の出会い。彼女との出会いがなかったら、たぶん私は一生走っていなかったと思います。そして、走る＝絶望的から脱出したおかげで、なんと歩くのも楽しくなり、よく歩くようになりました。

見渡すと、ランニングしている友達は割といて、いっしょに5キロや10キロのミニマラソン大会に出たりするように。着ぐるみの人に抜かれても、高下駄の人に抜かれても、悔しくもなんともなく、なーんにも感じず、ひとりも抜かずにゴールする中で、競争心のなさ、闘争心のなさを発見し、競技はむいてないんだな私、とあらためて確信しました。ちょっとした発見。

アイちゃんはその後結婚、出産し、今はトレーニングはお休みになっています。でも彼女のおかげで、私は細々と走り続けています。いや、へっぽこですけど。

小走りできますか？

過日、まさかのランニングの取材を受けました（老舗スポーツ専門雑誌ですわよ！　びっくり）。その中で、走って良かったことはなんですか？　と聞かれました。

何よりもそれは、〝走れるようになったこと〟です、と答えました。かなり低いレベルの到達点だわ、と思いつつ。

だけど、50代も半ばを過ぎた今、〝いざとなったら5キロなら走れる〟と思えるのは私にとってうれしいことです。走れるようになってから、〝私は走れる人であり続けたい〟と思うようになりました。こまわり君（漫画『がきデカ』の）みたいな小走りでもいいから。

待ち合わせに遅れたときや、思ったより寒かったとき、今はなんとか小走りできます。

この前も、夕方の高田馬場で読みが外れて薄着していて寒くなり、小走り&遠回りして待ち合わせ場所へ行きました。安価で、身体があたたまります（アンカではなく）。いや、もっと重要な局面でも、やっぱり走れるに越したことはないかと（遅くても）。

いつまで走れるかはわからないけど、細々と、めちゃ低い目標で、誰とも争わず、時々ラン、そして歩く、を続けたいなと思います。

つまりは、死ぬまで歩き続けるために。

自分をキライにならない身体でいたい

太るピークを迎え撃つ⁉

NHKの「あさイチ」で、松重豊さんのインタビューを見ていました。松重さんといえばドラマ「孤独のグルメ」での食べっぷりがステキ。『たべるノヲト。』というエッセイでもいつも食べています（このエッセイが大好きで）。でもかなりスリム。そこで「あれだけ食べてなぜ太らないの？」という質問が出ました。私は体質的に何を食べても太らない方かと思い込んでいたのに、松重さんは「意識です」と回答。「意識すれば太らないです」。漫然とではなく、かなり強く意識すべしと。

ええ、強く意識しなければ、まちがいなく太るのが50代、60代です。

私は50代半ばで最大化しました。好きな洋服が着られなくて凹みました。しかし、週に3日走ろうが、ママチャリに乗りまくろうが（電動だったからか？）、1キロほどしか痩せず、ちょっと友達と外食すると2時間で元に戻る。見事な復元力。

見渡せば、同輩はみんな以前よりぽっちゃり？　ホルモンのなせるワザかーとしみじみ思いました。そして、観察の結果、健康で細い方は、人の数倍太らないための対策を何かしているか、やっぱり量を食べていない、と気づきました。きっと高い意識と、意思を持って。

ついに人生で一度も、細い人にはなれなかった

“nothing tastes as good as skinny feels”→「痩せているっていう感覚以上のおいしいものなんてないわ、私にはね」という感じでしょうか。
スーパーモデル時代をけん引したトップランナー、ケイト・モスの言葉です。痩せていると感じられなくなるくらいなら、食べない方がまし。スリムなスーパーモデルたちの中

でもめちゃくちゃ細かったケイト・モス。彼女のようなモデルへのあこがれが、少女たちに悪影響を与えていると言われ始めていたからか、ひどく批判されました。今で言えば炎上騒ぎ（最近になって、彼女自身が、あの発言は思慮を欠いていた、反省していると言っています）。

でも私は正直、「なんて名言なの！」と思っていました。ほんとに、おっしゃる通りなんじゃないかな、と。

私は、物心ついてから今日まで一度も、自身を細いと感じたことがありません。残念です。小学校のとき、体操服はブルマーでした。保守的な街、長崎だったからなのか、今なら、どうなんだ？　と思います。あれって、ほんとうに大根足（死語か）が目立つ。クラスにはほっそり足の長い子がいて、めちゃくちゃあこがれました。あのあこがれを、今も変わらず持ち続けていて、スキニージーンズを着こなす人とすれ違うと、100パーセント振り向きます。

だからこそケイト・モスの言葉に、ああきっとそうなのだろうねー、たったの1キロ痩せてもうれしいから、“skinny feels”ってどんなだろう？　さぞや幸せだろうと思ってしまうのです。

オードリー・ヘップバーンがウエスト50センチくらいだったと聞いて、くううバレエのたまものかと思ったら、エリザベス・テイラーは48センチだったという逸話も。そんな母の世代のスターからずっと、細い＝美しい、ぜい肉＝醜い、と叩き込まれてきたからかもしれません。いや、今だって韓流アイドルの子たちは、きっと、ケイトの言葉に頷くでしょう。

しかし、そんな思いとはうらはらに、50代半ばで最大化。人生で1回でいいから、"skinny feels" を感じてみたいとあこがれていたのに、何をしても痩せない、いや、というほど何もできていないし、続かないし、泣きたくなりました。

そう私は続かない女。ヨガも、ジムも、家で毎日やった方がいい柔軟も、体操も、まったく継続できません。「ためしてガッテン」で見た、ふくらはぎを上下するだけの運動も2日ボウズ。なにかきっと根気よくやらないと痩せないよねえとため息をついて、ほんとうのところ、最大化した体重にだんだん慣れてきて、あきらめていました。

自分の身体を知る、観察する

母が亡くなって1か月ほど長崎で過ごして東京に戻って来たときのこと。相方から「なんかしぼんでない?」と言われ、1か月半ぶりに体重を測ったら、4キロほど痩せていました。なんと。

悲しみの力であり、決して健康的に痩せたわけではありません。私が、1年中痩せたいと言っている万年ダイエッターだったので、母がギフトをくれたのだと思いました。

すぐに戻るだろうな、と思いながらも、この悲しみ減量を好機ととらえて、自分をじっくり観察してみることにしました。思えば、やみくもに痩せなきゃと言いながら、自分が〝どうしたらどうなるのか?〟じっくり50代後半のその生態を観察したことがありませんでした。そして、いくつか気がついたことがあります。あくまでも私が私を観察して思ったことです。体調にマイナスな要因を×、プラス効果を♡にしてみました。

【食べる】

×外食は顕著に太る＆多くなると身体がだるくどんよりする。

理由は、量の問題だけでなく、塩分過多。↓病気の心配もさることながら、むくむ、太る。毎朝、結婚指輪をつける定点観測の結果、するっと入るのは、家で作ったごはんを食べ、お酒を飲まなかった翌朝。

×過食の影響は翌々日にやって来る。翌日も胃がもたれたりする症状は出るが、体重が増えるのは翌々日頃と発見。

♡外食は昼も含めて、10日に1回以内にすると調子がいい。

♡家で自分で作るごはんは、その日食べたいものを、食べたいだけ食べるので身体にもメンタルにも心地いい。何が食べたいか、身体の声を聞くとよい。

♡1日1.5〜2食くらいが今の自分の適量。1日3食は多い。

♡お腹が空いてぐうーと鳴るまで食べない方が体調がいい。

【飲む】

×お酒を飲む日が続くとてきめんに胃が重い、お通じの調子が悪い、体重増加。

×量は減らした方が調子がいい。

×飲みすぎは浅い眠りを招く。深く眠るには断酒。

♡時に気持ちよく飲むのはいい（量は控える）。

♡休肝日は3日以上設けると体調がいい。身体がリセットされるのがわかる。1日ではあまり効果なし。

【動く】

×体調が思わしくないときは運動不足が原因であることが多い。長めに歩く、走るなどで回復すること多々あり。

×柔軟性を高める運動が足りない（これからやろう）。

♡ランニングにはデトックス効果あり。快調になる。

♡ランは心に効く。ウォーキングは考えが深まる。ともに心と頭のクールダウンになる。

そして、確かなことと改めて実感した大きな発見は、〝睡眠不足は太る〟でした。どうやら実証されていて、たくさんの論文もあり、ネット上で読むこともできます。主な理由は、睡眠不足になると、食欲を増進させるホルモンが増え、食欲を抑えるホルモンが減る。結果、食欲が増す↓食べて太る、ということのよう。ほかにも、眠れないということはストレスがあり、交感神経に影響を与えるからとか、糖代謝が変化して甘いものが食べたくなるからとか、さまざまな理由があるそうです。

自分の身体の実感としても寝不足は太る、逆によく眠れたと思って目覚めた朝は身体が軽くなっていて、体重も減っています。いくつか論文を読んでみると、8時間はやはり黄金の睡眠時間のよう。だから8時間眠りたい。

でも、長く眠れないことが増えました。メンタルと深く関わっているとも思うし、枕を変えたり、マットを変えたりも大切なのでしょう。でもそれ以上に走ったり、よく歩いたり、やっぱり適度に運動すると眠れます。

自分をキライにならない身体

これらはあくまでも私が私を観察した私の身体の場合です。だから誰にでも当てはまるわけではありません。

私にとってはこの〝観察〟がとてもよかった。還暦を前に、自分の身体を知ることができたし、快調でいるためにはどうしたらいいかがわかりました。

しぼんだと言われてから半年、体重が1キロほど戻ったところで、このくらいが心地いいし、調子いいと感じるように。おそらく中肉中背に分類され、自分をキライにならずにいられて、更年期の頃より快調です。

人から見てもあまり変わらない程度の差ですが、最大化していた時は、自分をキライになっていて、正直、そのせいでイライラすることさえありました。これからも、体重や体形は人から見てどうかより、自分をキライにならないかどうかをものさしにしたいと思います。

ものすごくスリムじゃないと自分を好きになれない人もいるでしょう。それは人それぞれ。NHKのBSで「団地のふたり」というドラマが放送されていました（原作は藤野千夜さん、小説の方もかなり好き）。キョンキョン・小泉今日子さんと小林聡美さんが、同じ団地に住む幼稚園からの同級生のふたりを演じています。そこでのキョンキョンが、かつてよりぽっちゃりしていて、同世代が多い私のSNSのタイムラインで話題になりました。原作のイメージと55歳という役柄のためもあるのかもしれないけど、とても自然でムリがゼロの感じがすごくいい。同世代の男性が〝親しみやすくて可愛いくてたまらん〟とデレデレでした。

月並みだけど、私は勇気みたいなものを貰いました。キョンキョンって、40年前も、これまでも、今からも、新しい価値観を提示してくれる人なんだなぁと。私も若いときの体形や、体重に戻ることだけがハッピーではありませんでした。

それに閉経から還暦、そして60代に、私（たち）の肉づきがよくなるのは、そのもっと先、70代になれば痩せていくから蓄えておきなさいという意味もあるのかもしれないなと思うようになりました。冬に向かうリスみたいに。

身体に鞭はふるわない、無知もだめ

以前、糖質制限のレシピ開発の仕事をしていました。とても流行ったし、いまでは痩せたいときの食べ方のひとつとして定着しています。太ったなと思ったら、糖質＝米やパン、穀類、イモ類などを抜くと確かに痩せやすいと思います。またそもそも現代人は糖の取りすぎなので、適度に減らす方が身体の負担も軽くなると言われています。

でも閉経後の人が、これを徹底的にやるのは気をつけた方がいいと、当時出席した研究会で学びました。50代半ばできびしく糖質を制限すると、閉経前後からもろくなっている骨や、腱を傷めやすいと聞いたのです。実際周りにも、50代での徹底した糖質制限の結果、痩せたけどアキレス腱を切ったとか、骨折したという人も。

糖質制限に限らず、過激なダイエットはもうできない年齢だな、と思います。もしこの先、今まで感じたことのない“skinny feels”を感じるようになったら、それは最近よく聞くフレイル（健康な状態と要介護状態の中間の段階）の前兆かもしれません。残念すぎますが。

中でも特に筋肉量の減少、筋力の低下が著しければ、サルコペニアという疾患になるそう。母の病院で、65歳以上の15パーセント程度がこのサルコペニアに該当していると聞きました。筋力は気づかないうちに低下し、たとえば気がつかないうちに足が上がっていなくて、すり足に。なんでもないところで躓いてびっくりするのは冒頭でも書いた通りです。私は、腕が細くなった気がして、ノースリーブが着れる？　と思ったら腕の筋肉が落ちただけでした。がーん。

今思えば、母も70代後半から、変わらず食べているのに、痩せていきました。身にならないことを自分でも嘆いていて、「痩せたくないのに、痩せる、太れないのよ」と口にすることも。もともと若い頃とても細かったので、その体形に戻っていくのかなと思いましたが、あれがフレイルの始まりだったのかも。もっと早くから予防できたのかも、と今も無念です。

ふと見た薬局のポスターに、知識はあなたを助けます、というキャッチコピーがありました。確かにこれからの身体のことを知っておくのは大切。

すぐ横のポスターには、フレイル予防にはたんぱく質とありました。実は急に4キロ痩せた時、なぜかわからないけど、マグロの赤身ばかりを食べたくなって、赤身〜赤身〜と探してきて毎日晩ごはんに食べていました。もしかしたら、たんぱく質を効率よくとるようにと、身体が指令を出していたのかもしれません。

※ちなみに、転んで骨折したとき、骨密度の検査を受けました。「骨粗しょう症予防　骨活のすすめ」という厚生労働省のウェブコンテンツもおすすめです。

break time

私をレストランへ連れて行って！

フルコースが食べられなくなるなんて

「この数年、フランスの古典料理に代表されるような、動物性の食材が多く油脂がたっぷり使われたコースを最後まで食べきるのはつらくなってきた」

周りのそんな声を耳にすると、ふふ、私はまだまだいけるわ、と思っていたのに、還暦を前に、いや50代半ば頃に、あっさり白旗である。

食べきれないと言うより、食指が動かず、選ばなくなってしまった。食べたいものはその日の気分で変わるけど、どんなときも、食べたいと思わなくなってしまった。

もともとあまり手を入れすぎない、食材を素直に扱った軽やかな料理が好きな傾向にあり、それがさらに進んだ感じ。今どきの最前線フレンチは軽やかなので楽しめるが、それも10皿や12皿のコースとなると少しひるむ。中華もしかり。

イタリア料理は、食材を活かし手を加えすぎないものが多く、地方色も強いので和食に似ていると思う。前世はイタリア人と思うほど好きなのに、パスタやリゾットはほんの少しでよくなってしまった。ちょっと残念。

では生まれたときから食べている和食はというと、最後に出てくるごはんが食べきれなくなってきた。ああ、ため息。

そんなこんなで、外食は昼も含めて10日に1回くらいが心身ともに調子がいい。やはりディナーとなればお酒を飲むので、その頻度としても少なめが体調がいいのだ（わがふるさと長崎なら10日に1回の外食って普通かもしれません。東京で共働きで子どもがいない＆料理に関わるものとしては、少なめかと思うのです）。

おいしいも大事だけど、楽しいが大事

それでも、できることなら年を重ねても、80歳になってもレストランには行きたいと思っている。以前とあるシェフが「おいしかったって言っていただくのはもちろんうれしいけど、楽しかったって言ってくださると、もっとうれしい」と。おお私も！　と心の中で。私もレストランでは、楽しかったーと思えるのが最上級。おいしかった以上の喜びが〝楽しかった〟なのだ。

レストランって、特別な★がついているようなファインダイニングではなくても、非日常でわ

くわくするところ。それは子どもの頃からずっと変わらない。長崎で熱々のポコポコグツグツいうエビマカロニグラタンを出してくれる小さなビストロがあって、そこへ連れて行ってもらえるのがうれしくて楽しくて、待ち遠しかった。江戸時代から続く茶碗蒸しで知られる「吉宗」では店にあがる時、下足番のおじさんが拍子木を鳴らしてくれて、ものすごくワクワクした。

この数年は、話題の店や星のついた店を新規開拓することはあまりなく、行けば心がきゃっきゃとスイングし、そして食べ始めるとうふふふと静かに躍る、いくつかのおなじみのお店をルーティンのように訪ねている。

食べるのにわずかでも緊張を強いられるお店が苦手なので、くつろげて、心がぴよーんと伸びをして、目で喜んで、口に入れるとうんまっ！　と吹き出しが飛び出し、おいしいね、楽しいね、と言いたくなる、そんなお店へ。

例えば、東京の「ソン デコネ」「ピッツェリア イル タンブレッロ」「サエキ飯店」「ファロ」「メログラーノ」「イル ジョット」「ドン ブラボー」「可菜飯店」、群馬・川場村の「ヴェンティノーベ」、京都の「チェンチ」「メッシタ パーネ エヴィーノ」「洋食おがた」「井政」「Ｓｙｎ」「コリス」「すし善」、長崎の「ファミリア」「鯛政」「コンダテ」などなど。

思い浮かべると頬がゆるむ店。これからもずっと行くために、元気でいなきゃ。そしてシェフたちにも、元気で続けてもらわなければ。

おいしいなら、手を叩こう

レストランでは東京でも、旅先でも、国内でも海外でも、〝おいしいときはおいしいと言う〟と決めている。そこで旅先が海外ならその国の言葉で〝おいしい〟だけはおぼえていく。

当たり前のことのようだけど、言わない人もいる。おいしくないときに無理して言うのはつまらないけど、ほんとにおいしかったら〝おいしい〟と言えば、作った人はもちろん、店中の人がうれしい。たぶん一緒に食べている人も楽しくなると思う。おいしいほど、ボキャ貧になって、いいね、おいしいね、幸せだね、くらいしか出なくなるけど、それでいい。シェフは毎日聞いているかもしれないけど、〝おいしい〟は魔法の言葉、聞き飽きることはない。

そんな大好きなお店には時々、お気に入りのお菓子や旅のお土産などを差し入れしたくなる。日本にはチップの習慣がないけど、同じような感覚かも。それは必ず、お会計まですべて終わった帰り際に渡すこと、とこれも母から教えられた。

もう一度メイクを楽しむ

最期まで化粧水をつけていましたか？

母が亡くなってはじめて経験したことのひとつが湯灌《ゆかん》でした。湯灌とは、亡くなった人を棺に入れる前に清める意味で入浴させる行為です。地域によってやり方が違うらしいし、やらない場合もあるようです。

母は自宅で亡くなりました。そのままお通夜は自宅で行い、葬儀は菩提寺で行いました。となれば、納棺を行うのも自宅になるので、おのずと湯灌もそこで。とはいえいつも使っているお風呂ではなく、葬儀社が湯灌のための簡易風呂を用意し、スペシャリストの女性3人と私で行いました。

私は、亡き骸を洗ってもらう横で、肌がきれいだなー、生前から気づいていたけど、やっぱり母にはシミがない、と思いながら見ていました。すると、ひとりの方が「お母さんお肌が本当にきれいですけど、亡くなる日まで化粧水をつけられていましたか？」とつぶやくような感じでおっしゃいました。

一瞬、質問なのかわからず、主旨もはかりかねて、「え？」という顔をしていると、「いえ、いろんな方の湯灌をさせていただくのですが、80代の方でお肌がお母様のように、きれいな方ってやっぱり少ないんです。それでついお聞きしてしまうんです。そういう方は皆さん、最期まで化粧水だけはつけていたっておっしゃるんですよね」と。

なるほど、確かに母は最期の日まで化粧水をつけていました。年を取るにつれてケアはシンプルになったと思いますが、化粧水だけは朝晩、毎日つけていたのです。化粧水でそんなに違いが？　と思いましたが、彼女の経験からの言葉には説得力がありました。

そして「そういう方は、身だしなみに気を使われていたでしょう。きれいにするのは、いくつになっても楽しいことなんですよね。最期も、お母様きれいにしましょうね」と言いながら、母の愛用していた化粧品も使い、最期のお化粧をしてくれました。

半径1メートルの楽しみ

考えてみれば母は、化粧品の華やかな進化とともに生きてきた世代。コールドクリームで化粧を落とし、石鹸で洗顔して、化粧水とクリーム、たまに顔が真っ白になる〝はがすパック〟あたりが美容の定石の時代からはじまり、海外の化粧品メーカーがどんどん日本に上陸して、クレンジング、洗顔フォーム、そして美容液やリンクルケアなどが登場し、基礎化粧品のラインナップが効果別に複雑化し、口紅もアイシャドウも無限に色が増えていく中で過ごしてきたわけです。

母の若い時のエピソードで笑ったのが、お産のときのマニキュアの話。私がお腹にいて臨月になっても、きれいにマニキュアとペディキュアをしていたそうです。「当時、レブロンのマニキュアが全盛で、塗るのが楽しみだったのよ」と母。ところがいよいよ生まれるとなって病院についたら、「とってください」とあきれられて、びっくり。なんとか叔母に除光液を持ってきてもらい、やっとこさ生まれる前にはがした、と話してくれました。そんな母だから、マニキュアも最後まで、淡いベージュやピンクを私よりずっときれいに塗っていました。

このところ、再び日本でも香水ブームですが、最初のブームに乗ったのも母たちの世代かと思います。私がシャワーコロン（資生堂）を買って〜とせがんでいた頃、母は、当時仕事で海外によく行っていた叔父からお土産でもらったシャネルやエルメスの香水を大事に使っていました。

亡くなったあと、母の箪笥を開けたら、お気に入りだったと思われる香水の瓶が新旧いろいろ残してあって、ああ、きっと大切に愛おしんでいたんだな、と。あらためて見たら昔の香水瓶、なんとも贅沢ですてきでした。

老いても、ひとりでもできるささやかな楽しみとして

バブルのころ、母は50代。エスティ ローダーのアドバンス ナイト リペアやディオールのカプチュールといった美容液が大人気だった頃です。情報最前線の娘（私）もいたから、一緒に海外の化粧品のシャワーを浴びていました。当時はそんなことは想像もしなかったけど、娘がいるって、最新情報を共有する楽しみもあるんだなと思います。

そんなふうに過ごしてきた母だから、「出かける準備に前の何倍も時間がかかるとよ〜」

なんて言いながらも、最期まで化粧水もつけていたし、お化粧もしていたのですよね。

美容室に行くのも好きで、ひとりでは行けなくなってからも、私が帰省した時に一緒に行って、カラーをしてブローしてもらうと、顔がぱっと明るくなりました。

それなのに、私は「もういいじゃん、リハビリに行くのにマニキュアなんて。爪の健康がわからなくなるし」とか「髪の毛を染めると傷むからもうやめたら?」、さらには「それより、もっと一生懸命体操して」と促していました。

バカ娘です。老いは病気ではないのに、治したい、と思っていたのです。

お化粧やマニキュアは、母にとって、ただの身だしなみじゃなかった。出かけることも、出かける先も減っていく中で、数少ない気持ちが上向きになる、ささやかな楽しみだったのに。

半径1メートルですぐできる楽しみ。そしてその日の気分や元気のバロメーターでもあり、もしかしたら母の矜持みたいなものだったのかもしれません。

50代ですでに面倒くさくなった私

50代に入ったころから私は、急速にお化粧や美容への興味を失っていきました。40代後半からこそ、美容に真剣に取り組むべきなのでしょうが、増えるシミや、シワ、たるみに加えて、体重は増えるし、なにかとイラっとするし、総合的に容姿に対して絶望的な気分になりすぎて、〝やっても意味ないな〟とあきらめ、やる気を失っていったのです。今思えば、更年期の余波だったのかも。

仕事も忙しかったので、「お風呂上がりはなにもつけない」「肌の力を引き出す」という記事を自分に都合よく読んで、化粧水さえもやめていました（そういう美容法はあるようですが）。

日々のお化粧にもやる気のなさは出ていて、チークも5年くらい前のモノを平気で使っていたし、アイシャドウは完全に廃止しました。眉は、薬局にも売っている某社のペンシル1本150円一択。なにかもっといいものがあるかも？　という調査もトライもなし。化粧品売り場にはまったく行かなくなりました。

化粧法も40歳ごろから1ミリも変わっていなかったと思います。美容雑誌も読まないし、娘もいないから最新情報に触れることもなく過ごしました。ナイスなトークが苦手な上、初対面の人に触れられるのも苦手で、エステも行かない。

大丈夫か？　と、小声で自分に突っ込みながら。

ミラクルを見た

ＮＨＫのテレビ番組「きょうの料理」に出演したときのこと。いつもプロのメイクさんがお化粧してくれます。私がなにげなく「シミがホントに増えちゃって」と言ったところ、その日のメイクさんは「消せますよー」と明るく言って、シミを消すために、ものすごく丁寧にベースを作ってくださいました。

一点のシミに一点のコンシーラー、気が遠くなる、化粧というよりも左官作業。ええ、かつてないくらいに時間がかかりました。やりはじめてみたら、思いのほか（シミが）多かったのだと思います。

それでも彼女が徹底的にやってくれて、完成したシミのない顔は、確かに〝よう！　久しぶり！〟で、なんだかうれしかった（私比）。

そして彼女は言いました。「これ、たぶん、肝斑《かんぱん》ですからねー。お薬とか併用しないと消えないと思います」と。さらに「でもね、アイシャドウやチークを軽くでもいいので、上手に使うと、シミも気にならなくなると思います。表情も明るくなりますよー」と言いながら、淡いゴールドベージュのアイシャドウをつけてくれました。すると、顔が明るくなったのなんのって、びっくり。「ね? 変わるでしょう?」と彼女。使ったのが、決してお高くない、韓国コスメのアイシャドウだったことに二度目のびっくり。

ちょっとした、ビフォーアフターミラクルを、自分の顔で見せられて、しばし呆然としました。

そして心の声が「もしかしてこれ、楽しいんじゃない?」「2千円で、ちびっとごきげんになるんじゃない?」と、面倒くさくなって久しい私に、ノリノリで話しかけてきたのです。

心がぴょんとはねる

バブルちゃんなので、お化粧に興味を持ったことがないわけではありません。シミが消えた顔→アイシャドウで明るく→気持ちも明るくなり、心がぴょんとはねた、というミラクルで再び好奇心に火がつきました。

きっと母も、ささやかな〝心がぴょんとはねる〟を楽しんでいたのだな、もう少し前に気づきたかった。

私も半径1メートルの楽しみを得るために、少しやってみようかな。


まず、大ベストセラー、MEGUMIさんの『キレイはこれでつくれます』の電子書籍を購入（いつでもどこでも読めるように）、シートパックをマメにするようになりました。

私には娘がいない分、ウェブで情報収集。田中みな実さんの美容記事を読んだり、同年代と思しき美容ライターさんをインスタでフォローしてみたり。

ただ、あくまで〝心のぴょんはね〟狙いです。

でもその程度でも、面白いな、と思うようになりました。例えば、メイクさんマジックを思い出して、10年ぶりくらいにアイシャドウを買ってみたら、鮮やかによみがえる♪20代、30代。「『いちご白書』をもう一度」のフレーズが浮かび、口ずさみました。目尻のシワににじむけど、楽しい。

眉も150円のペンシルをやめて、パウダーとかクリームとか試すように。田中みな実監修の1500円ぐらいのリップを買ったら、なんだかぐっと気持ちが上がったので、もっと上げたくてもう1色、2本目も買いました。いや、小さな小さな、誰も知らない私の中の心の動きですけど。

1万円もする4色アイシャドウを免税店で買っていたバブル時代から数十年、2千円くらいでめっちゃ楽しめるこのご時世、ハッピーだな（おそっ）。

これなら60代になっても、70代になっても、〝心のぴょんはね〟狙いで楽しめそうです。

はじめてのことが減って、最後を数える

はじめてが減っていく

人はなぜ、はじめてを数えるのでしょうか。はじめて立った、歩いたはもとより、ファーストキス、ロストバージン、初海外、初給与、初運転などなど。一方で、還暦近くなって、「最後は数えないなー、いや、いつが最後かわかんないもんね」と思うようになりました。

最後のキスはもう終えているかもしれないし、最後の旅はまだまだ先だといいな。最後かもと思うと残念過ぎるから、最後から二番目の恋、なんて表現にしたくなるのかな、とつらつら考えます。

言うまでもなく、はじめてのことはかなり減りました。振り返ると、はじめて＝ときめくことばかりではありませんでしたが、目新しくて、ドキドキで、印象深いことが多かったのはまぎれもない事実。それが減るのはちょっと寂しい。

ささいなことなら今もあって、真っ赤な口紅ってはじめてとか、蜂の子を食べるのははじめてとか。でも、私にとってささいじゃないはじめてを、かなり久しぶりに経験したのが、美容皮膚科でした。


50歳にして美容からも化粧からも遠ざかっていた私。2千円の化粧品で感動してたのになぜ皮膚科？

「いい皮膚科との評判を聞いて、遠方だけど行って、ボトックスをすすめられてやってみた」とか、「肝斑の対策のために、トラネキサム酸を飲んでみたら、かなり改善された」とか、皮膚科で専門的かつ根本的な対策に乗り出した友人たちから、口々に〝皮膚科行くべし〟とすすめられたからです。

以前メイクさんにも指摘された肝斑とは、シミのひとつで左右両側にできる薄茶色の色素斑のこと。中年女性に出やすく、原因としては紫外線や女性ホルモンが考えられるが、そのメカニズムは解明されていない、ただし、高齢者にはほとんど見られない、らしいです。自分の頬のおびただしいシミは本当に肝斑なのか。「特別なことはしなくても、専門家に現状を見てもらうのはいいよ」とアドバイスされ、ぐっときました。

しかし最前線の美容にはやっぱり半信半疑だし、正直そこまで情熱があるわけでもないので友達に紹介してもらうのははばかられる。そこで、旅先のホテルを探すようにGoogleマップに「近く　皮膚科　シミ」と入れて、口コミを読み込み、HPを読み込み、女性の先生がいいなと思い、比較的近所に40代女性の先生による皮膚科を見つけました。

私の中の目的はとにかく〝今の肌の状態を客観的に見てもらう〟こと。久々の人生初、GO！

はじめての美容皮膚科でピーリング

登場したのは、ノーファンデーションでぴかぴかの肌が無敵の説得力を持つ先生。まず、肌を見て、触って、明るく聞かれたのが「お顔、何で洗っていますか？」。私は、二十数年来、ただただ何も考えずに使っているオイルクレンジングを答え、「それを流したら、そのままお湯で洗っています」と。

「じゃ、まずきちんと洗いましょうか」ということになり、顔の洗い方の丁寧な指導を受け、洗いました（2千円也）。

え、いや、洗っていなかったわけじゃないんだけど、と思いながら教えてもらってゆるゆるのクリームとふわふわの洗顔料で時間をかけて洗ったら、それだけで顔がワントーン明るくなってびっくり。汚れていたのか、私の顔。

そして、肝斑もあるけど、一般的なシミもあるということで、「肌は強そうだからレーザーもピーリングもいろいろできると思いますが、やりたいですか？」と聞かれました。

直球な質問。やりたいかどうか、うーん、わからない。そこで、先生曰く、新しくはなく、すでに確立された（枯れた）技術による施術、〃シミを取るレーザー〃と、顔全体に薬剤を塗布してトーンを明るくする〃ピーリング〃の説明を受けました。

びびりな上に妄想力が高いので、顔が腫れたらとか、数万人にひとりの事故が起きたらとか考えましたが、ま、人生一回だしやってみるか（大げさ）と、ピーリングとやらをやってみることにしました。ピーリングって皮をむくみたいで、ちょっと怖いネーミングですけど。

人によっては1週間くらい赤みが出たり、化粧品に敏感になったりするからと言われ、3日くらい相方以外に会う予定がないときにお願いしました。いちばん弱い薬剤でやってもらい、かかった時間は30分ほど。費用は1万5千円。

私の場合、肌のきめがキモチ細かく、全体が明るくなったような気がしました。触った感じもつるんと。同時に、肌が薄くなった気がしたのです。化粧品がしみることはなかったものの、繊細にナーバスになったような感覚があり（あくまで感覚、ピーリングの意味を頭で反芻していたからかも）、そこに一抹の不安を感じてその1回限り、2回目はやっていません。念のために言うと、何ごとも強くすすめないし、とてもとてもいい先生です。

これは私の「臆病さ&面倒くさがり」と「肌が少しだけ美しくなる」を天秤にかけた結果です。この費用は、旅に使いたいな、と思ったのも大きかったかもしれません。

でも顔は、教えてもらった通り、やわらかいクリームでクレンジングし、泡状のもので洗顔するようになりました。また、先生が日々できることとしてすすめた〝しょっちゅう保湿〟〝暇さえあれば保湿〟も続けています。考えずに、気がついたらシュッとスプレー化粧水や、原稿を書きながらシートマスクなど。日焼け止めも、さぼってばかりでしたが、その皮膚科ですすめられたものを使ってみたら、軽やかでよかったのでがんばって使っています。

結果、何かが変わったか？　と言われると、ほぼ変わっていません。たぶんこの年代の変化は、行きつ戻りつなんでしょう。電車の窓に映る自分の顔に、フナやブルドッグを見つけて苦笑いする日も相変わらず少なくありません。

声を出して新聞を読む

トップアスリートだった人は50代になっても顔がたるんでないな、とよく思います。シワはあってもタルミはない。私の理想としては表情ジワ、特に笑いジワは歓迎、シミもまあOK、だけどたるむのは、できれば先のばししたい。

皮膚科の先生は「たるみ対策には、特別なことをする前に、まず顔の筋肉を使ってみて。かたくなっている人が多いから」と。

それで、効果のほどはわかりませんが、新聞を声を出して読むようになりました。新聞の音読。気になった記事を家でひとりで、せいぜい2、3分ですが、口を開けて大きな声で読みます。その姿は、謎の人。

これには〝新聞を読む〟という目的もあります。スマートフォン＆SNS依存症になっている数年、私が見るインスタグラムやフェイスブックのタイムラインには、おいしいレストランのことや、旅のこと、本のこと、ファッションがずらり。食べる、旅、読書、服が好きなのだから当然なのでしょう。

これはまずいんじゃないかと思い、紙の新聞を一紙だけ、家でとっています。いやはや、世の中には知らないことがいっぱいだなと毎朝思うのです。

子どものころ、新聞をバラバラにすると怒られました。新聞は順番が大事なんだ、と。一面トップが何か？　それもネットニュースにある新聞記事のバラ売りではわかりません。余談ですが、雑誌も巻頭特集からはじまり全体の組み方に哲学があるのでしょうが、最近は表紙も見ずにバラ売りの記事を読んじゃってます。ゴメン。

そんなわけで、自分のその日の忙しさに合わせて新聞を読みます。隅々まで読める日もあれば、ひとつの記事だけの日もあります。その中から、ひとつかふたつを、大声で。声に出して読んだ記事は強く印象に残っていて、あとで思い出すこともしばしばあり。また、新聞の日本語の確かさ、文章のうまさに改めて感心します。

顔の筋肉も鍛えて、情報も頭に入れ、作文の学びにもなって、一石三鳥。そしてなんだか愉快になってくるから不思議。大声で新聞を読んでいると、もうひとりの自分が指さして「顔の筋肉鍛えてるの、あほだねー」と大爆笑する姿が浮かぶのです。

ま、最後まで化粧水さえつけていればOKなんですけどね。

break time

夏の扉をあけ〜て♪

海水浴、楽しいじゃないか

夏、冷やし中華ならぬ、海水浴、始めました。50代半ばで始めた、というか復活したのが海水浴。ビーチサイドに寝そべるとかではなく、しっかり泳ぐ。砂遊びとかやらず、波と並行して横に泳ぐ。なにしろ、高校生までは地元長崎の海でがんがん泳いでいたので。

ある夏、都会育ちの相方にきれいな海を見せようと、長崎・島原半島にある前浜海水浴場に連れて行った。日本ではめずらしい白めの細かい粒子の砂の、それはそれは美しい海。

これまでもふるさと長崎の海の美しさは折に触れて自慢していたが、ばっちり泳げる時期に連れて行ったのははじめてだった。昭和風味の桟敷に陣取り、私も、久々に泳いだ。

これが気持ちよかった。海で泳ぐ楽しさを思い出し、飽きることなくずっと泳いでいたほど。遠泳ではなく、足がぎりぎりつくくらいのところを、ぷかぷか、波のゆらぎ、塩の力を借りて泳ぐのだ。泳ぎが得意な人になったかのごとく、ずっと浮かんでいられる。

身体に触れる海水はちょっと動くだけでその温度が変わり、ひんやり、きゅうっと冷たい、ほんわか温かいと、行ったり来たり。これぞ海にしかない喜び。

そうだよ、泳ぐの楽しい！　海で泳ごう！　なんで30年近くも泳いでなかったの？

この海では泳げない

思えば大学に入り上京して、友達に誘われてはじめて湘南の海に行った時、〝ああ、私はここでは泳げない、ごめん〟と心の中で思ったのが海水浴から離れる始まりだった。湘南海水浴愛好者のみなさま、ごめんなさい。

でも長崎人は、海は水があるのがわからないほど透明でなければ泳げない。晴れていれば、ただ青いだけでなく、青系色見本さながらの青のグラデーションが広がり、その色の違いで深さがわかるもの、なのだよ。

久しぶりに、そんな海で泳ぐ喜びを思い出して、三つ子の魂百まで、だなと。すーいすい。

リゾートっぽいのも違うし、プールで泳ぐようなスポーツタイプもちょっと違うなと思って、こじゃれたスクール水着のような濃紺の水着を買って（ZARAで）、泳ぎに行くようになった。

さらに海水浴を目的に旅先を選ぶようにもなり、はじめてのニュージーランドへ。とにかく毎日、海でぷかぷか泳いだ。びっくりするくらいきれいな真っ白の砂浜。ここでやってみたかった初の砂浜水際5キロランも。波を時々足元にうけながら素足で走るのだ。夢がひとつかなった。

シチリア貯金をしてやっと行けた念願のシチリアでは、パレルモのお土産屋さんで見つけた絵葉書にある海が気持ちよさそうで、小さく書かれた地名をたよりに探してみた。バスで行ける！早速行って地元の方にまざって海水浴。楽しすぎて、海からなかなか出られなかった。また行きたい、いつか。

もちろん、ふるさと長崎でも。海水浴が帰省の目的のひとつになった。先の島原、伊王島海水浴場、高浜海水浴場、いっぱいあるな、わがふるさと。あらためて惚れ直したわ。

ビバ、海水浴。

でもこれはあと数年なのかな、いや、そういえば叔母は65歳ではじめて行った海外の海で泳いでいたな。なんて思いながら、恋ならぬ、最後から2番目の海水浴を楽しんでいる。

第4章

仕事にも黄昏がやってきた

YAYAYA

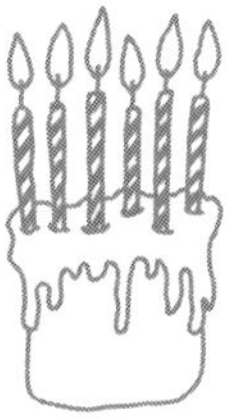

KANREKI
JITAKU

愛していた会社を辞める

相方の転職

私は夫とふたり家族です。主人でも旦那でもなくて、しっくりくる相方と呼んでいます。その相方が還暦、つまり定年を迎える前に、30年以上勤めた会社を辞めて転職しました。暑苦しいほどの仕事愛から、きっと定年まで勤めるだろうなと思っていたので意外でした。

昨今、最初の就職先はステップのひとつと考える人が増えていて、転職もめずらしくありません。でも私たちバブル世代は、まだ生涯一企業と思っている人が多いようです。相方も辞めない側にいたと思うのですが、50代に入り、自分のやりたい仕事から離れる異動に直面して、かなり戸惑ったようです。

私には相方がもがいているように見えました。再びやりがいのある次の10年を求めて、働きながら大学院へ行き、迷いながらトライ&エラーする姿を、身内ながらリスペクトを持って、しかし何もできず傍観していました。

そのうち、明るさを人類最大の美徳としている人なのに鬱々とする日が増え、わが家はいつのまにか、一日中暗め、8畳に15ワットみたいな状態に。

いや待て、ここで私はただ気をもんでいる場合じゃないぞと、おいしい旅に誘ったり、夕陽が沈むのはだめだと思い、朝日が昇る温泉を奮発したり。神社や寺へ行って「どうか、本人が喜び、楽しみを感じられる仕事が再び見つかりますように」と拝んでもみました。

しかしまあ、周りがなにかできるはずもなく。相方は、電池を替えてもつかない電気スタンドのままでした。

結局、彼が前の明るさを取り戻し始めたのは、数年後、転職が決まってからのこと。とにかく灯りがともって、家族としてはほっとしました。

定年間近でやりたい仕事をしてる奴なんてめったにいない、と彼は言った

そんなことがあって、周りを見渡してみると、同じような話がゴロゴロ。「定年が視野に入ってくる世代で、自分のやりたい仕事している奴なんて、ほとんどいないよ」とは相方の話をしたら返ってきた同年代の知人の言葉。

50代半ばあたりから定年にかけては、会社員人生の通信簿をもらうような、いや、つきつけられるような、そんな時期なのかと、今さらながら知りました。

経営陣として60歳を過ぎても会社に残るのは全体の1パーセント、いやもっと少ないのかな？　それ以外の人は、多少の個人差はありつつも、徐々に現役世代のサポート的な役回りになり、ときに今までのキャリアをないがしろにされたり、プライドが傷つけられたりすることもある。定年後、再雇用で65歳まで働けるとしても立場は変わり、お給料も下がる。私の友達は「おのずと終活に導かれているような気がする」と言っていました。「会社への感謝もあるけど、私の40年近い日々ってこれでよかったのかなと思って、なんかせつなくなってさあ」とも。

それはフリーランスでも同じでした。確実に黄昏がやってきます。

私は30代前半から、仕事が減ったり増えたり、しょっちゅう不安のスパイラルにはまりながら、フリーで仕事をしてきました。

40歳で料理教室を始めてからも、教室に誰も来てくれなかったらどうしよう、準備にぬけはないかな、と考えて眠れない。レシピ本を出すと、売れなかったら（出版社に）申し訳ないと思って眠れない。ネガティブ妄想が得意なので、何かと眠れませんでした（山羊座のA型）。

あるフリーのカメラマンが、「フリーランス殺すのに武器はいらない、仕事を干せばいい♪」と自嘲気味に節をつけて歌っていました。大げさでなく100パーセント納得です。

大小さまざまなスランプがぐるぐるうずまく海で、小さな光明を見つけたり、時には逃げたりしながら、小舟を漕いでなんとか50代半ばまでやってきました。そこへ、これまでのスランプや悩みとは性格の違う苦難がやってきたのです。

年齢で退場を命じられる

私の場合は50代半ばを過ぎたあたりからでした。次々に若い料理家さんが登場してきて、自分の退場は近いなぁ、40代が輝くセンターだなと感じるように。メインステージから去り、〝バックコーラスにまわってね〟、あるいは〝客席へどうぞ〟と言われるような疎外感、寂しさがじわじわやってきたのです。

それもそのはずです。私も40代までは体力気力充実していて、1日に料理を50品仕上げて撮影するような日も少なくありませんでした。翌日も張り切って頑張れた。3か月に1冊のピンク・レディーの新曲ペースで本を出させてもらい、いつもせわしなく小走りしているような忙しさが快感だった気がします。

だけどもうかつてのような働き方は体力的にも難しい。そのことに世間も気がついていて、かつて私が小走りでやっていた仕事は、次の世代の誰かがやるようになったのです。昔は世代交代を絶賛していたのに、交代させられる側になるとは、トホホ。

はて、それははたして年齢だけが理由なのか？　と問えば、いや、年齢も時代も超えて活躍する方もいらっしゃる。フリーの私もやっぱり自分の通信簿をもらったのだと思います。

トップアスリートだけがアスリートではない

ドラマ「グランメゾン東京」での一場面。三つ星を争うトップシェフが寝る間も惜しんで一皿を追究し続けるのを間近で見ていた凡庸なシェフ（という設定の鈴木京香さん演じる女性シェフ）が、「自分は精一杯努力してきたから、違いは才能だ、と思っていたけど、そうじゃない。努力が足りなかった。もっともっと努力している人がいる、あきらめずにどこまでもやる人たちがいるってわかった」と言うのです。私にはとても印象的なシーンでした。

本当にその通りで、50代半ばでの自分の仕事の通信簿をひろげてみれば、自分なりにはやったつもりだったけど、努力不足が否めないな、と。

やはり、なすの料理を寝ずに50種作ってみるとか、5ミリ角の野菜を永遠に切り続けるとか、たゆまぬ努力と、そのガソリンとなる情熱が通信簿の高い成績を実現するのだと思います。自分は足りなかったなあと思いました。

でもそこまで考えて、いやいやそんなふうに考えるのはやめようと、ぶんぶん頭を振ったんです。ここで自分を客観的に見て、厳しく評価してどうなるの?

トップアスリートだけがアスリートではありませぬ。以前よく、一緒に本を作った尊敬する編集者の言葉を思い出しました。「この本がもし売れたら、雑誌やテレビに出たりして、何かを成し遂げた気になるかもしれない。それを目指してもいいけどね、でもさ、人は何も成し遂げなくても、いいんだよ」。

赤点もある通信簿ながら、よくやってきたよと思いなおし、たとえ仕事が減っても、自分にがっかりするのはやめました。

やや開き直って言えば、シフトチェンジするのは当たり前。最近は余計なお世話ながら、転職した相方にも、「頑張りすぎなくていいからー」「神社の石段のうさぎ跳びみたいな無理なことや、つらいことはやめた方がいいよ」と、言っています。水を差しているかもしれませんが、これからを共に愉快に生きるための前向きな進言。自分にも言い聞かせながら。

会社と心中しない 仕事と心中しない

還暦前夜のバブル世代

バブル時代とは、1986年頃から1991年頃までのこと。バブル世代とは、1965年から1970年頃に生まれた人たちのことなのだそう（定義は複数あり）。私もバブル世代、しかしずいぶんとピンポイントなのだな、その割に注目度高い、と感じるのは私だけでしょうか。やっぱり後にも先にもない、ちょいと特殊な時代だったのかな。

そのバブルちゃん、みんなで還暦前夜を迎えています。

振り返ってみると、私たちが若い頃って、あの名番組「ザ・ベストテン」さながら、歌以外にもすべてにわかりやすい順位をつけたがるベストテン時代でした。今もそれが抜けない人も多く、私は「ベストテン症候群」と呼んでいます。

都会は特にお受験が浸透してきていて、大学のみならず、小・中学校、高校も偏差値順にずらりと並んでいました。企業もランキングがあり、上からずらり。しかも多様性って植物の話？　くらいの認識だったので、シンプルな上向きベクトルでの単細胞な順位。今もついうっかり、当時の価値観が鎌首をもたげてくることがあります。あな、おそろし。いかんいかん。

ルッキズム全盛で、男性に好まれる美しさが上位になるという、理不尽なミスコンも、そんなもんか、と受け入れていたから、あちこちでミスコン花ざかり。

そういうことが当たり前として通るくらい、今よりずっと、堂々と男社会でもありました。ボディコンが流行り、型通りの女っぽさ、色気全開があがめられた時代。アッシーもメッシーも、いい車で送ってもらう価値がある女、高い食事を食べさせる価値がある女を、男が認定するシステムでした。

男社会のホモソーシャルな価値観

男同士は昔からライバル探しが好きで、勝ちたがり、男が認める男になりたがります（よね)。そしてミスコンの勝者のような〝男にモテモテの女〟を自分のモノにするのが喜び。「トロフィーワイフ」なんていう苦笑するしかない言葉もあります(美しい女を妻にするのは男の勲章的な発想から生まれた言葉。女は戦利品という全女性への蔑視的な表現。トランプ大統領夫人に向けて言われるのもよく聞きます、失礼すぎる)。

男は男のためには死ねるし、そういう男がイケてるという共通認識は仁侠映画と戦争(軍隊)映画を見るとよくわかります。

「ホモソーシャル」って聞いたことがありますか。私は上野千鶴子さんの本で知りました。恋愛や性的対象ではない、同性の社会的連帯を指します。主に男集団で、男はそこで富や権力や地位、名誉を軸にパワーゲームをやり、とかくその中での高い評価を得たがる。トロフィーワイフが認められる世界。

会員制の男子だけのゴルフクラブとか、女が行くと全員(男)が一斉に振り向くパブとか、そんなビジュアルが浮かぶけど、目に見えない男のホモソーシャルは世の中のそここにあります。いまは減っていると信じたいけど。

バブル時代はそんなホモソーシャルとその価値観が、悪意なく当然のように表通りを跋《ばっ》扈《こ》できた最後の時代なんじゃないかと、最近しみじみ思うのです。

ベストテン世代の憂鬱

当時は会社の大半でホモソーシャルがセンターを陣取っていたと思います。ベストテン争いはあくまで男たちの中で繰り広げられていて、そこに女が入ることはほぼゼロだった。そもそも同等に働ける場所に行くには、男性に引き上げてもらわなければ難しかったと思います。男女雇用機会均等法（1985年制定）ができてもすぐには何も変わらなかったから。

はたしてそういう中で、彼らがハッピーだったのかというと、どうなのでしょう。彼らは〝男の連帯〟の中で高い評価を得なければならないから、滅私で、小さなホモソーシャルの中での評価を常に気にして、ときに命までかけるような働き方をしていた気がします。

1988年頃でした。某企業のトップセールスマンだった30代前半の知人男性が自ら命を絶ちました。高身長、高学歴で、仕事の成績もよく、面倒見のいい、傍から見たら欠点も悩みも見当たらない評判の男。

今の時代なら、すぐに仕事を休まなければならない、心の病だったのかもしれません。過労死110番が開設されたのもこの頃です。「24時間戦えますか、ビジネスマーン」というCMが毎日のように流れていました。

今は絶滅しているでしょうか、入社したからには、会社と心中するつもりの人が当時はまだいたのです。

ハラスメントという概念が広く知られ、問題視され、心の病で仕事を休むことも（一応）容認されて、産休も育休も認められ、定時で帰ることが推奨される（一応）今と、私たちの世代はいろんなことがまるっきり違います。

そう考えたら、相方の50代になってからの会社での失望、暗く沈んでいく様子の見え方も違ってきました。

私は「会社がくれる通信簿なんて一面だけの評価、気にしない方がいいよ」と思い、そんなものに反応する相方が残念で、悔しかった。でも、もしかしたら、潜在的に、会社と心中するような気持で働いてきたのかもしれない。だとしたらあの頃の彼は、私には見えないまったく別の景色を見ていたのかもしれません。

会社や仕事と心中しなくてよかった

最近友達が入社試験の面接官をしていて、こんな話をしてくれました。「最近の面接では、定時に帰れますか？　とか、毎週2日きちんと休めますか？　って、聞いてくるんだよ」と。みんなで苦笑しますが、ああ、いいな、と私は思っています。

同世代でも、私たち女性には会社と心中するような人はあまりいませんでした。というか、よくも悪くも、心中するほど会社や仕事にかけられなかった。結婚や出産で専業主婦になる人も今より多かったし、夫と同じように働いていたとしても、今より家事も子育ても女性が担っていたから。

「定時に帰れますか？」と聞く、今の子たちに近い、引き気味なかかわり方を強いられているように感じていました。そのくらいでいいよ、と。

もし当時、会社や仕事と心中する覚悟でいたとしたら、そのために結婚や出産を断念したかもしれません。私も、出産は仕事を失いそうで怖かったひとり。周りにもそういう人がいます。でもそんな覚悟や選択は、報いられなかったかな、というのが振り返っての感想です。仕事＝いくらでも代わりがいるものに執着しないで子どもを産んでおけばよかったな、と正直思うことがあります（あくまで私の感想）。

そして当時は理不尽に感じた、その引き気味の会社や仕事との距離感は正しかったのかもしれないなと、今なら思うのです。心中しかけた男たちは屍みたいになっているんじゃない？　と。

やっぱり、会社や仕事と心中するなんておかしいですよね。会社で過ごす時間は長いけど、それはあくまで自分の一面、仕事も見渡せばいろいろある、と思っていられる方が、たくましく健やかでいられるのではないかな。

サードの前にセカンドプレイス

相方の以前の会社に、会社の仕事とは全く別の専門分野を持ち、執筆や講演をしている男性の先輩がいました。相方は「いいな、もうひとつの立ち位置があって」と言っていました。確かにそれがあれば、会社でのベストテンに与しなくてもいいし、思いのほか自分への評価が低くてがっかりしても、気持ちを切り替えられる気がします。

もうひとり、定年を前に早期退職し、「スポーツ競技の審判」と「地域創生のNPO」のふたつの仕事に就いた男性のこともいいな、と。

確かに、軸足をわけるって、メンタルヘルスによさそうです。

今、仕事でも家庭でもないサードプレイスが注目されています。〇〇社の人でも部長でもない、父でも母でも夫でも妻でも娘でもない、私としていられる場所。

私は旅、特にひとり旅に出ると、旅先はいつもサードプレイスだなと思います。私がどこの誰か知らない人たち、知らない土地は、心地よいし、必要です。

でも先の相方の先輩の〝もうひとつの立ち位置〟は、サードプレイスとは違う。ひとつの仕事をしながらやる、もうひとつの仕事だけど、副業とも少し違います。時間的には等配分ではないかもしれないけど、どちらかがサブではない、セカンド・ラブならぬセカンドプレイス。

SEでバーのママとか、会社員で週末書店員とか、フードスタイリストで大学の学食の調理人とか、全く別の分野でセカンドプレイスを持つ人もいるし、ゆるやかにふたつの仕事がリンクしている人もいます。

私の友達は、祖母の代からお茶を教える家で生まれ、お弟子さんも多く、海外にも招へいされるような茶道の先生ですが、ネットで見つけた近所の病院の受付のアルバイトもやっていて、在宅で別の会社の経理の手伝いもしています。収入は確かにうれしいけどお金のためだけではないらしく、「気分転換になるし、知らなかった世界を見るのが面白い」と。

私も還暦前に、セカンドプレイスを持ちたいと思うようになりました。やると決めた仕事は愛を込めてひとつひとつしっかりやるけど、ひとつだけに重心を置きすぎず、仕事A、B、Cと、それぞれに三分の一身を置くようにして働けたらいい。鯵を3枚におろしながら、これだな、三分の一身、と思いました。骨のところも焼いてみそ汁にしたらおいしいし。

細く仕事して、長～く仕事して

細々とでいいから、元気に75歳くらいまで、できたら死ぬまで何か仕事をしていたいなと思います。いくつかの場所で。

子どもがいない私にとってそれは社会との貴重な接点にもなるだろうし、接点は複数あった方がいい。複数あれば逃げ道も、気分転換もできます。それぞれがわずかでも収入がある〝仕事〟なら張り合いにもなるし、老いていく中で自信にもつながるでしょう。そして体力や気力に合わせて、息長く続けられそうです。

さらに、ひとつに決め込まないことで、還暦過ぎても人生が広がるかもしれません。

生涯現役美術家だった篠田桃紅さんは『百歳の力』の中で、自由な視点を持ち続けることの大切さを書いておられます。肉体的に物理的に自由がきかなくなっても、自由な気持ちを持ち続けることはできる、と。「基本的には自由な気持ちで、さまざまなものと接する。なにかにとらわれて、その範囲でやっていると、いいものまで見えなくなってしまう。」（同書より）

篠田さんは独創的な作品への心意気として書かれているのですが、これからいろんなことができなくなっていく中での心意気として受け止めるのもありかなと思いました。身体が動くうちは、「何でも見てやろう、何でも経験」という気持ちで、これと決め込みすぎず、いい意味でちょっとふわふわとやっていこう、それは自由がきかなくなったときの〝心の自由〟ためのいい貯金になる、と。

仕事だからと自分を追い込んでいくのはもうやりたくないし、これまでできなかった〝すごい努力〟がこれからできるとも思えません。成績は上げなくてもいい。その必要も正直感じなくなりました。これからは自分に甘く、やさしく、細く、長く。

還暦からの仕事は、私を前向きにしてくれたり、新しい目線をくれたりすれば上等です。

break time

フリーダム、世界が変わる大きな一歩か

レディファーストって？

2007年からわずか1年と少し、NYに住んでいたとき、レディファーストって、弱い女・子どもを保護し優先してあげる僕たち（男性）の加護の下にいれば安心だよ、という考えがベースにあるのか、と妙に納得した。荷物を持ってくれて、重いドアをあけてくれるのに、うがった見方かもしれないけど。

マンハッタンのデパートの試着室では、3千円くらいのセーターやブラウスを試着して「これ好き？　買ってもいい？」と一緒にいた男性、たぶん夫に何度も聞く女性を、何人か見かけた。ダメ出しされていることもあって、正直ちょっとびっくり。彼から見てステキかどうかの確認、3千円の買い物の許可、私は横から「好きなら買いなよ」と声をかけたくなった。

男女平等も、多様性も、日本より進んでいると思っていたアメリカのNYで、こうした真逆の光景はほかにもたくさんあって、だからこそ、これほどまでに政治的論点になるのかもしれない

と思った。

メキシコで料理教室に参加した時、私以外がたまたま米軍人婦人のグループで、当時民主党の大統領候補だったヒラリー・クリントンを大批判、大嫌いとまで。そして、自分たちがいかに夫に守られているか、その幸せを語っていた。幸せならいいのだけど、ささやかな、一見なんでもないところにも、ホモソーシャル的価値観、その奥にある家父長制的なるものが潜んでいると感じてしまった。

フリーダムとともに

2024年夏、59歳で女性初のアメリカ大統領への挑戦をするカマラ・ハリスのニュースが飛び込んできた。ビヨンセが「フリーダム」を彼女のテーマ曲的に使っていいよ、と言ったそうで、フリーダムとともに現れる。ひゅーっ、かっこいいな。

私は、バイデン大統領が誕生した前回の大統領選挙（2020年）の民主党予備選挙で、彼女を知り、自伝『私たちの真実　アメリカン・ジャーニー』を読んで魅せられた。彼女がよく身につけているパールとゴールドのネックレスやコンバースを真似したくらい（そこ？）。以来、よそ様の政治家ながら注目し応援している。相手がホモソーシャル的価値観の代表かと思える（私見です）トランプ氏でもあり、彼女とのコントラストは、そのままフェミニズムの教科書のようだ。

争点のひとつで、カマラ・ハリスがトランプの姿勢を問題視している人工妊娠中絶の自由はとても興味深い。これは女性が自分の意志で産むかどうかを決められるか？　決められないのか？という問題。宗教的に、思想信条的に、絶対に中絶しないのも、さまざまな理由（レイプによる妊娠など）で産まない決断をするのも、本人が決められるのが健全な社会だと私は思う。自分の身体のことを自分で決められないなんて、男性にはないでしょ？（マーガレット・アトウッドの『侍女の物語』をおすすめしたい）。

自分で自分のことを決める権利はすべての人に同等にあるべき。性別が理由の差別はもちろんあってはならない。私が20代の頃と比較してかなり改善されてきたし、教育もされているとは思う。それでも、理不尽なことはもっと減ってほしい。子どもたちに向けてアドバイスするのは苦手だけど、今も、牛一頭と交換されている少女がこの世界にいると知っておいてほしい。

もし彼女がアメリカ大統領となれば、じわじわかもしれないが、アメリカ社会にも、世界にも、結果的に激変を起こすと思う。アメリカが示す価値観はやはり大きい。

（残念ながら敗退。また挑戦してほしい）

第5章

老いを学ぶ

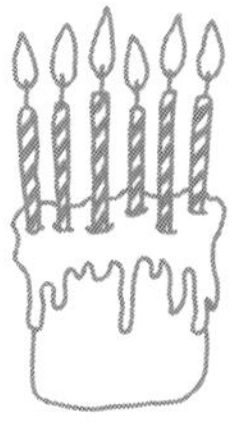

KANREKI
JITAKU

老いを学ぶ

老いる気持ちをわかりたい

母を亡くしたことをきっかけに、私は老いを〝学ぶ〟ようになりました。もし時計を戻すことがかなうなら、母の生前に、このことの大切さに気づきたかったと思っています。

50歳になったとき、加齢による身体の変化を感じたし、更年期もあって、思えば遠くへ来たもんだとは思ったものの、老いに対してはかなり無知で無防備でした。

母が、老いるということがどんなことか、身をもって教えてくれていたのに、できの悪い生徒の私は、ただ母を治したい、元に戻したいとばかり思っていました。80歳からでも筋肉はつくとか、一生歩くためのスクワットとか、そんな本を読んでは、母にがんばってと言い続けていました。老いが病気ではないことさえわかっていなかったのです。いや、うっすら気づきながら、正視できなかったのかもしれません。

最近、私自身にかつて母におとずれた老いの兆候がゾロゾロやってきて、おお、これか、と思い、母に対して当時自分がいかに見当違いなことを言っていたかもわかりました。かなうなら謝りたい。

これからもっともっとさまざまな老いが自分に現れるまで、本当のところはわからないのでしょう。それでも学び、遅ればせながらにもほどがあるけど、身体の変化以上に、母の〝気持ち〟をわかりたい。それは私の老いへの備えになるかもしれないと思っています。

どうせ、あちらへは手ぶらで行く

『どうせ、あちらへは手ぶらで行く』は城山三郎さんのエッセイ。71歳から79歳で亡くなられるまで、手帳に書かれていたメモのような短い日記を、亡くなられた後に、城山さんが信頼していた編集者がご家族の許しを得てまとめたものです。タイトルはメモにあった詩の一節から取られたよう。ご自身はこのような形で世に発表するつもりではなかったかもしれません。

亡くなられた後に出版された城山さんのエッセイといえば『そうか、もう君はいないのか』がつとに知られています。そちらは城山さんが奥様・容子さんのことを書くと決めて、出版を前提に残していたものです。タイトルを決めたのも城山さん自身。

こちらはそれとは性格が違いますから、城山さんの作家でも父でも夫でもない〝無所属の時間〟も含めた素顔が垣間見えます。最愛の奥様に先立たれ、その後はひとりで過ごすことが多かった城山さんの〝ありのままの姿〟に、読んじゃっていいですか、失礼いたします、と思いながら読みました。

心が揺れたエピソードがあります。

一橋大学の同窓会に出席するため茅ヶ崎から1時間以上電車に揺られ、市ケ谷に着いてから、集まる場所や地図が載ったはがきを忘れてきたことに気がつきます。出席するはずの友人に3件ほど電話をかけたけれど、彼らも家を出ていて不在。たぶんすぐ近くまで来ているのに、たどり着けない。城山さんは結局あきらめて、茅ヶ崎まで戻っていくのです。

もうひとつ。ある夜、ご近所で赤ワインを軽く飲み、当時ひとりで暮らしていた仕事場のマンションへ着き、気持ちよくベッドに入り休み、そして翌朝、鍵がない。必死で探すと、ドアをあけたときの状態で鍵がささっていた。そこまで老いたか、と。

「いまいましいが誰も怨めない。老いとは、そういうことなのだ。」

「毎日が失せ物、毎日が物探し。物探しに明け、物探しに暮れる形。」

「忘れることが多く、資料散逸、無駄な読み直し、整理、捜索と、情ないほどの無駄な苦労。年齢のせいとはいえ……。もうこの種の調べて書く仕事は終わりにしなくては――と痛感。」

「老化か、ヘマ続発。要注意。ヤカンの空焚き。切符入れずに改札通ろうとする。」（同書より）

的確な描写、いや感心すべきはそこではないと思いつつ。

絶望とはちょっと違う、自分にあきれて、誰に言うわけにもいかず泣ける思い。焦燥、情けなさ、無力感、たどりつく老いという答え。ため息の繭に包まれているような姿が勝手に目に浮かびました。

あの城山三郎でさえも、こんなふうに老いを抱えていたのか。

一方で、余生の指針も残しておられます。

「鈍、鈍、楽、へ行くと、どんどん楽にもなる。楽々鈍、鈍々楽！」

「楽しむことを優先すべし。」（同書より）

そして、箇条書きで楽しいことを書き出してあるのです。そうですよね、これからは楽しいことだけをしようと思うし、それが正解な気がするけど、じゃあいったい楽しいことって何？　と思いませんか。読みながら私も一緒にはて？　何だろうか、と考えました。

私は熱烈な城山ファンで（日本中にものすごくたくさんいらっしゃると思います）、これまで本に収められたものはすべて読んでいる、つもりでいましたが、この1冊は未読でした。

この本は母が亡くなったその夜、母のベッドの枕元で見つけました。そのベッドで読み始め、母がこれを読んでいたのかと苦しくなりました。毎晩、何度も何度も、朝まで繰り返し読みました。

そして、不思議に少しだけ救われたのです。わからないのも仕方ない、当人も戸惑っているのだからと、言ってもらったような。

これからは、よき時だけを思えばいいのだ

もうひとつ、『よき時を思う』は、70代になった宮本輝さんが上梓した小説です。代々建設会社（工務店）を営む三世代の家族の物語。第一世代の90歳になる徳子おばあちゃんと、第三世代である孫の中のひとり、綾乃を中心に描かれています。

徳子おばあちゃんは「もし90歳まで生きたら、その僥倖に感謝して、みんなを歓待する晩餐会を開く」と決めていました。そして90歳に。

その晩餐会までの日々を縦軸に、彼女の90年を横軸に、家族のさまざまなドラマが紡がれる、多幸感あふれる物語です。ひとりも悪いやつがいません。

特に、徳子おばあちゃんは私から見ると理想の90歳。健やかで理知的で、ボケてなくて、笑顔を絶やさず柔和で、皆に頼りにされ、やさしくされ、やさしくし、お金もあって、使い方も自分で決められる。歩けるし、おいしいものも食べるし、おしゃれもする。そして家族と上手に同居している。いいな、そんな90歳になりたい、と思わずにいられません。

ここまですべてうまくいく家族と老後って、めったにないでしょう、こんな90歳いる？夢物語なのかな、と思いながら読んでいました。でも、途中で気がついたのです。〃そうか、

これは理想的な最晩年を描いた物語なのではないか〟と。まさに、よき時〟だけ〟を思う物語なのだ、と(私の解釈です)。

そう思って読めば、こう老いたいと思わせられる言葉が随所に見つかります。たとえば「少病少悩」。完全無欠な釈迦牟尼如来《しゃかむにによらい》でさえも、少しの病や少しの悩みはある。完全じゃなくていい。それに、たとえ死に至る病でも、たかが少病、少悩ととらえられたらいいのではないか。

顔立ちよりも顔つき

綾乃は父の顔、祖母(徳子おばあちゃん)の顔を比べながらこんなことを考えます。

「(父は)お前は通夜と葬式には行くなと友人たちにひやかされるほどに、いつも顔のどこかに笑みがある。それは母親である徳子おばあちゃんと同じだったが、ふたりの『ほのかな笑み』には決定的な違いがあると綾乃は思っていた。

徳子おばあちゃんがそれを自己訓練によって得たとしたら、父のは天性のものだ。」(同

書より）

そのお父さんのような天性の笑い顔というと、私は亡くなった中村勘三郎（十八代目）さんを思い浮かべます。シリアスなお芝居でも、なぜかぷっと吹きたくなる、にやりと笑いたくなる役者さんだといつも思っていて、だからファンでした。勘九郎の頃から舞台は必ず行き、襲名記念公演を追いかけて全国をついてまわった、私の（今のところ）人生でたったひとりの推し、でした。この人には、いつもお天道様がついているなと感じていたのですけど、夭逝してしまいましたね。

一方、徳子おばあちゃんの自己訓練のたまものの〝ほのかな笑み〟には、フランスの哲学者アラン（Alain, Émile-Auguste Chartier）の言葉を思い出しました。アランはその著書『幸福論』の中で「悲観主義は気分によるものであり、楽観主義《オプティミズム》は意志によるものである。」と書いています。一貫して気分は自ら作るものと言い、にっこり笑ったり、ほほえんだりすれば、相手の悲しみは軽くなるし、自分も幸せになる、優しさ、親切、幸せを演じるのは不機嫌の撃退にも腹痛にも効くとまで。

50歳を過ぎて、周りを見渡し、「生まれ持った顔立ちより、顔つきだな」としみじみ思います。それは自分で作るもの。いつも、ほのかな笑みが浮かぶ顔を自らの意思で作った徳子おばあちゃん、見習いたい。

小説の終盤で、いよいよ90歳の記念晩餐会が描かれます。これが終わっても徳子おばあちゃんが死にませんようにと祈りながら読みました。一方で、命には限りがあるけど、そうだね、よき時だけを思って過ごせばいいんだ、徳子おばあちゃんは、晩餐会というみんなが思い出す〝よき時〟を作ったんだな、と、しまい方の極意を見せられた思いでした。

読み終えれば、全編宮本輝節全開。20代、30代に宮本作品を読みまくった頃を思い出し、もう一度、『青が散る』をひっぱり出しました。

老いること、死ぬことは不幸なのか？

『葬送のフリーレン』って見ましたか？　アニメでも大きな話題になり、今も連載が続いている漫画です。物語は勇者ヒンメルとその仲間が10年に及ぶ旅の末に魔王を打ち倒し、世界に平和をもたらし、凱旋するところから始まります。なので、アニメの1回目を見たとき、間違えて最終回を見てしまったのかと思いました。

仲間の中に、ひとり、永遠の命を持つ種族のフリーレンという魔法使いの女の子がいます。この物語では、彼女が凱旋から50年後、再びヒンメルに会いに来て（約束の流星群を見るため）、彼の最期を見送り、やはり仲間だったハイターの最期も見送り、彼らとの旅を後日譚として語りながら、新たな仲間と再び行く、今と過去、ふたつの旅が描かれます。

この物語のすごいところのひとつは、当時ヒーローだったヒンメルらがおじいさんになって登場することです。しかも自他共に認めるイケメンだったのに、ハゲてぽっちゃり、身長も縮んで、うーっすらとしか昔の面影のない好々爺になり、そして死んでいく。古代くんも、アムロも、シャアも、ヒーローは絶対に年を取らないのに、びっくりします。

一方、フリーレンだけはまったく年を取らない、老いない。生身の人間が年を取り、老いてそして死んでいく80年くらいの時間は、彼女にとってはほんの短い時間。新たな旅を共にする、はじめは子どもだった仲間も、いずれ彼女をおいてけぼりにして老いて、きっと死んでしまう。フリーレンは常に葬送する側。はたして死なない者と、死が約束された者はわかり合えるのか。

今も昔も、いつまでも若く、変わらないことを求める人はいます。不老不死は永遠のテーマなのかもしれません。しかし、老いない、死なないことは本当に幸せなのか。

老いることは不幸なのか？　命に限りがあることは不幸なのか？　この物語が投げかけるひとつのテーマでもあるのです。

もし自分に永遠の若さや命が与えられるとしたら、どうしますか？　今はちょっと迷う自分がいます。

最近は、歩行器を押しながら通りの端っこをゆっくりゆっくり歩くおじいちゃんや、スーパーで休み休みお買い物をするおばあちゃんに、目がいくようになりました。お金を払うとき、まごまごとしてしまう姿に、あわてないで、とお手伝いしたくなります。

老いも死も必然。でも無防備で丸腰で老いを迎えないように学びながら、同時進行で、楽しいこと、今やりたいことを先延ばししないでやろうとも思う、それは85歳の叔父からも教えられました。

ひとり旅に出た85歳

母が亡くなってしばらくして、旅好きで、若いころから世界中を旅してきた母の弟、85歳の叔父が、ひとり旅に出ました。前出の60歳から歩くようになった叔父です。子どもの頃、地球儀をテーブルの上に置いて指さしながらいろんな話をしてくれた、私の旅好きに影響を与えた人です。
旅慣れてもいるし、英語もできるとはいえ、家族も友達も心配しました。というか、みんな大反対。しかし本人の決意は固く、一度きりの人生、彼にとっていちばん楽しいこと、やりたいこと、生きる喜びが旅なのだと理解し、私は応援することにしました。

日本→タイのバンコク→寝台特急で（！）ラオスの首都ビエンチャン→新しくできた新幹線のような中国ラオス鉄道で（！）世界遺産ルアンパバーン→ラオスとの国境の町タイのノンカイ→タイ北部の美しい街ウドンタニ→バンコク→日本へ帰国という25泊の旅。びっくりでしょ？

いつでも病院へ行ける80歳以上の保険に加入し、いつでもつながるようにＷｉ－Ｆｉとスマホのローミングをダブルスタンバイして旅立ちました。ホテルや移動のチケットは現地で取るという昔からの自分のスタイルはがんこに変えず、泊まりながら次の宿をブッキングドットコムで予約していたようです。

ちょうどその1年前に私と相方はラオスに行っていました。そのとき、チケットの予約が大変だったので心配していた中国ラオス鉄道も、寝台列車で近くに座っていたアメリカ人に買い方を教えてもらいクリア。タイのたくましいおばちゃん（叔父の表現のママ）に列車から荷物を出すのを手伝ってもらったり、バンコクのホテルでは孫のようなキッチンの女の子におにぎりやみそ汁を作ってもらったりしながら無事に元気に帰ってきました。

決してぜいたくな大名旅行ではなく、むしろバックパッカーかと思うような気ままな旅。予定を1泊延ばしたり、行き先を変更したりしながら、地元の人が泊まるような小さくて清潔でオーナーの顔が見える宿を選んで過ごしていたようです。

多いときは1日に2万歩近くも歩いて、朝はホテルでたっぷり食べ、昼は街を歩き、食堂やフードコートへ。疲れたら午後寝してのんびり、夜はカフェで街行く人を見て早めに休む、自分のペースの自由な旅。

応援といっても、私はただ毎日欠かさずラインでのやりとりをしていただけ。朝ごはんの写真や駅での写真を送ってくれることもあり、充実している様子でした。

85歳でも、老いても、人生は自分のものです。

ひとりの練習

なぜひとりはつらい？

「プラネットアース」や「ワイルドドライブ」を時々ひとりで、仕込みなどしながらスマホで見ています（NHKアーカイブのアプリで）。世界中の、草原の、砂漠の、沼地の、洞窟の、動物たちを追ったドキュメンタリー番組で、よく撮ったなあと唸る奇跡的な映像が続きます。たまに作業を中断して見入りますが、ヒトの話ではないので、無心で見られるというか、頭を空っぽにして見られるというか。

狼の狩りを追った回がありました。自分の身体の4倍はある牛に挑む狼。賢くて、というかそれが動物界の必然なのか、弱っている牛や子どもを的確に狙います。

牛はなすすべもないかと思いきや、集団で対峙するのです。みんなで狙われた子牛を囲み、鉄のブロックを組んで守る。この集団が小さいと簡単にやられます。もちろんひとり（一頭）ではひとたまりもない。この時は守り切りました。彼らは集団でのみ、狼に負けない。

一頭対集団は別の回でも。ライオン六頭ほどの群れ（子どももいる）と、群れから離れた一頭のバッファローの対決がありました。バッファローはオスの大人で、体重はメスのライオン五頭分。草食のバッファローが百獣の王にやられてしまうかと思いきや、ライオン数頭に背中から襲われ血だらけなりながらも、角を振り回し追い払いました。しかし、深い傷を負い、群れから離れてしまっているバッファローには生命の危機が増し、おそらく長くないでしょう。入院するわけにもいかないし。

余談ですが、ライオンはネコ科で唯一、群れを作るのだそうです。まだわからないことが多いようですが、メスは最初に属した群れで一生を過ごし、オスは2歳くらいで群れを出て独立し、新たな生涯の群れを作るらしい。作るといってもオス一頭では群れはできません。目星をつけた群れのトップのオスに戦いを挑み、勝ったらそのオスを追い出し、群れを乗っ取るのだそう。メスは自分では群れを選べず、トップのオスが代われば、苦手なタイプでも好みの顔でなくても、ついていくしかない。守られているといえば、そうですが。

ウミイグアナの誕生の物語も過酷でした。ウミイグアナは孵化したばかり、たったひとり（一匹）のところを蛇の集団に襲われます。群れに入る前、赤ちゃんのうちに狙う。人間の赤ちゃんならギャン泣きして親を呼ぶでしょう。こちらは蛇たちに見つかってしまえば、時間の問題でひとたまりもありません。生死を分けるのは運だけ。

脳科学者の中野信子さんの『人は、なぜさみしさに苦しむのか？』を読んでいて、これらの番組を思い出しました。人がなぜひとりになると強いさみしさを感じるのかといえば、ヒトという種を存続させ、進化させるために必要だからだと言うのです。私たちは、ひとりになると危ない、と長い人類の歴史の中でインプットされていると。ひとりは不安、心配、と感じるのは動物の本能。ひとりになると、命の危険への警笛が鳴る。

牛もバッファローもライオンも、イグアナもひとりは怖い。最近は、孤高のハンターと言われるチーターにも群れがあることが発見されたとか。なるほど。

ひとり上手と呼ばれたい

動物の本能に逆行しているようですが、50代になった頃から、ひとりでも大丈夫な〝ひとり上手〟になりたいと思うようになりました。

それで、ひとりの練習をはじめました。そのひとつが、ひとり旅です。これについては『50歳からのごきげんひとり旅』に書きました。私が50歳を迎える直前、おそるおそる、30年ぶりに復活させたひとり旅について、私なりのルールや楽しみ方、旅先での様子を綴っています。旅は物理的に日常とスパッと別れられるのがよきところ。よく知らない街でひとりになると、不思議と心が凪《な》いでいくのを感じて、今では私の大切な時間、いうなれば趣味のようになりました。

旅先もいろいろです。相方が出張の日、思い切ってひとり、東京のホテルで1泊してみたり。谷中や根津、木場、両国など東京の東側は、西側に住む私にとっては見知らぬ旅先と同じように新鮮。そこが面白い。ここに住んでいたらやってみたいと思っていた隅田川沿いを朝ランし、行列であきらめていたパン屋さんに朝いちばんで行きました。

読書好きで、本そのものも好きなので、本の保育器の中にいるような神保町にも泊まってみました。今はどんどん減っている書店だらけの街。書店が閉まるまで好きなだけ立ち読みのはしご(買いましょう)をして、閉店後の書店内でひっそりオープンするバーへ。そこでは絵本を読みながらハイボールを。

私は、ひとり旅をするうちに、ひとりで旅が楽しめる人になりました。〝ひとりで旅ができる〟のと、〝ひとりで旅が楽しめる〟は違います。後者はひとりにポジティブで。いわば、私とふたり旅で、いつも新しい発見があります。そして想像以上にひとりへの耐性をつけてくれました。

旅とまではいかなくても、うちで自分のためだけに昼ごはんを作って、ちゃんと盛り付け、1時間ほどまるっとひとりの時間をつくることもあります。たとえ洗濯機がやってくれるのであっても、ながら家事は禁止、スマホも禁止にして、ぼーっと。これは手軽にできるし、頭の整理にとてもいいなと感じています。

ほかにも美術館や映画のみならず、舞台やコンサートにも、行きたいものは誰かを待たずにひとりで行けばいい。

見渡してみると、本人がその気にさえなれば、ひとりで楽しめることってたくさんあるな、と思うようになりました。

ひとりを恐れない

ひとりを恐れない人になりたい、と思う時、その思いこそ、さびしさの裏返しなのかな、とも感じます。

子どもの頃、遊びに来た同級生におもちゃをあげてしまう事件、というのがありました。おそらくひとりっ子あるある、だと思います。人恋しく、本能的に不安だから、みんなが帰る夕方が嫌いで、帰らないで、と引き止めたくて、なんでもあげてしまうのです。ひとりっ子は手に入れるときに競争もないので、案外かんたんに手放してしまう。でも当たり前ですが引き止められず、みんな帰ります。

こんなふうに私のようなひとりっ子は、自然に〝ひとりコンシャス〟になり、ひとり問題を幼いときから考えていると思います。そしてひとりになりたくない気持ちの裏返しで、ひとりでも平気になりたいと無意識に願っている。

そのくせ若いときは、さびしいとか、つまんないという理由だけで群れて、また群れが壊れれば新しい群れを作ったりしていました。

でも50代に入ったあたりからさみしさを予防するために群れを作るのはやめようと思う

ように。人とのかかわりでときに生まれる〃がっかり〃はもういいなあ、と。所詮は勝手に期待して、勝手にがっかりするわけですが、そんな思いをする関係はなくてもいいかな、いや、できたら避けたい、と。その結果、もしひとりになるのなら、その方がラク。ひとりなら心が泡立つこともないし、と。

きっかけのひとつに母のことがありました。

母の晩年、毎月1週間ほど長崎に帰るようにしていましたが、母から帰ってきてと言われたことは最後までありませんでした。日記の中に、〃あの子は東京に出して、家庭も持っているのだから、帰ってきてと言ってはいけない〃と書かれていました。自分の母ながら頭が下がりました。

そして私たちふたりはよく似ている、と思い至りました。母がさみしいと感じながら、やせ我慢してでも私の日常を、選択を、人生を尊重してくれた気持ちが痛いほどわかったし、きっと自分も、母のようにさみしさを律する方を選ぶ、そうありたいと思いました。かっこいいよ、お母さん、と伝えたい。

独身の後輩のお母さんが、「極論すれば、夫がいなくても子どもだけでも生んだ方がいい、血のつながった家族がいるのが安心だから」と言うと聞きました。あてになるのは血がつながった家族、中でも自分が生んだ子どもがいちばんまちがいない、という親の気持ち、わかります。それほどまでにひとりは心配で、心もとないもの。

ウミイグアナとは違って、多くの場合私たちは、生まれた瞬間から守られて育つから余計にひとりが怖いのかもしれません。

それでも、願わくばひとりでいることを恐れたくない。ひとりを楽しめる60代、70代、かなうなら80代になりたい。だから今から練習しつつ、日々ひとりの楽しみを見つけています。そして、そんな人同士が家族で、友達で、互いをかけがえのない人として大切にできたら、それこそ最強なんじゃない？　と思うのです。

気分次第を責めないで♪

気分次第でいこう

母から何度かドタキャンされました（笑）。夕食の予約をして出かけるつもりが、今日はごめん、どうしても行きたくないの、とか。その頃は、「ええーせっかく予約したのに」と、おいしいものを食べさせたいがゆえに、がっかりとむっとするが半々くらいの気持ちになりました。

義理の両親も、行ってみたいという料理屋を2か月ほど前に予約していたら、当日気分がすぐれず行けなくなったり。

そのうちに、そうか、その日になってみないとわからないよね。もしかしたらそちらが当たり前なのかもしれないと思うようになりました。80代になり、自分でも明日の体調がわからない日々ならなおさらでしょう。でも50代も半ばを過ぎたあたりから、ようやく少しわかる気がしてきました。

その日の気分で、行きたくないことって、ある。そして、かつては無理してでも、自分の気分の方を修正していましたが、その無理が少々つらくなってきたのです。

それで、よほどのことがない限り、1か月以上先のプライベートな約束はしないようになりました。たとえば、人気のあるレストランは、予約がかなり先なのが当たり前で、コンサートよりすごい、中には1年後なんていうお店もあります。行ってみたいなと思い、誰かと約束してしまうと、楽しみではあるけど、一抹の不安もある。半年後のその日、1年後のその日の私の気分も嗜好も体調も想像もつきません。

海外の知人から東京の人気のレストランの予約を頼まれて、半年後なら取れると伝えたら「半年も先の予約なんて無理。その日、自分が何を食べたいかなんて、わかんない。プラチナ予約（なかなか取れない予約）だとしても、私はその日の私の気分を優先する」と言われたことがあります。いやはや、その通りでしょう。

過日、同年代の友達がパスポートの申請をして「10年後、海外に行きたい気分かどうかわからないから、5年のパスポートにした」と。そんなお年頃です。

今ではその時々の気分を優先する人も責めないどころか、理由も聞かないようになりました。そして自分のことも責めないようにしています。迷惑をかけないようにしながら、気分次第でいいじゃん、と堂々と言える人を目指します。

ポジティブ変換

ある連載の仕事で毎月1泊の旅をご一緒する方がいます。その方がネガティブなことを、とにかく、どんなささやかなことでも絶対に言わない。私がついネガティブなことを言うとやんわりと、とてもさりげなく話を変えられます。たとえば「お料理、凝りすぎで、ちょっと奇をてらいすぎですね〜」と言うと、決して同意はしないで「器と盛り付けが凝っていましたねー」と絶妙なずれでポジティブ。

2、3回そんなことがあって、素晴らしいと思いました。そして私は自分がしたネガティブ発言をポジティブに言い換えたらどうなるかな、と脳内シミュレーションしてみました。「お料理、他と違うことをしたいという情熱と工夫を感じましたね」と言ったらどうだったのだろうか、と。

やってみれば、ネガとポジは裏と表みたいなもの。それに案外ネガティブな感想ってみんな同じだけど、ポジティブは見つけたもん勝ちみたいで楽しい。以来、ネガティブワードが浮かぶと、まてよ、と脳内でポジティブに変換するようになりました。

はじめは距離感もつかみにくくぎこちなかったその仕事のチーム全体が、だんだん楽しく明るくなっていきました。他人同士がひとつの仕事をしていく極意のようなものをOJT（オン・ザ・ジョブ・トレーニング）で教えてもらった気がしています。

今ごろ？　と言われそうですが。組織で長く働いたことがないせいかもしれません。若い時は少々辛らつでも思ったことを口にした方が誠実なんじゃないかと勘違いしていたとも思います。今も、嘘やきれいごとはキライだけど、言い方はある。そしてそのやり方を、実践を見ながら学んだ気がしたのです。

私は接し方を微調整させてもらい、気づかせてもらい、とても助かりました。この年になっても学ぶことがあるのもうれしかった。

そして手帳に〝ネガティブな言い方しない〟〝ポジティブに変換！〟と書きました。老いていく前触れで、将来はぼんやりと不安だし、ついつい弱音を吐きたくなります。まるで弱音の粉が、まんべんなくすべてにふりまかれたみたいに、どうしようもなくオールネガティブモードになることもある。そしてそれはきっとこれから増えていくのでしょう。

でも、発する言葉を意識してポジティブ変換するだけでも、弱音の粉をはらう力があるなと思いました。

第6章

大切な人を
いちばん大切に

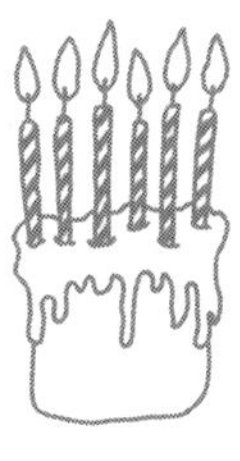

KANREKI
JITAKU

優先順位をまちがえない

祝賀会より練習

当時まだエンゼルスにいた大谷翔平選手がＭＶＰをとって、その記者会見で、確かお祝いの予定を聞かれ「明日も練習があるから早く帰って休みます」とさわやかに言うのをテレビで見ていました。一緒に見ていた相方が「それがいちばん気持ちいいんだろうな、練習して、いいパフォーマンスするのがさ」と。

私もそう思いました。祝賀パーティとか、シャンパンシャワーとかやる（のかどうか知りませんが）より、練習した方が幸せなんだよオレ！　っていう大谷選手は、自分をよくわかっていて、優先順位をまちがえない、そこがかっこいい。

私はハルキストではありませんが、村上春樹さんの全著作を読んでいます。なんなら村上RADIOも聞いているし、村上翻訳本もほぼ読んでおります（それはハルキストだろ？と突っ込んでください）。

中でも『職業としての小説家』がいちばん好きで3、4回読みました。毎朝走って、午前中に書いて、日々規則正しく、それがいちばん気持ちいいと知っているところにしびれます。メンタルの健やかさにはフィジカルの健やかさが欠かせないっていうのも全共感。銀座のクラブや文壇バーへ行ってチヤホヤされてお酒を飲んでお腹が出るより（あくまで妄想デス）、走って、毎日書いて、好きなレコード聞いて、Tシャツがいつまでも似合って、そして旅して、それが自分を満たすと知っていて、かっこいい。

うすうす気づいてはいましたが、最近、いよいよはっきりしたのが〝優先順位をまちがえない人こそが、真の知性の持ち主だ〟ということ。その優先順位というのは、自分がいちばん幸せを感じるのは何か？　楽しいのは何か？　いえーい！　と心の底から笑顔がわき出るのはどういうときか？　を知っていることだと。還暦を間近に控えてやっと確信をもちました。おそい？

翻って自分。いちばん満たされるのはどんなときか、喜びを感じるのはどんなときか、どんな自分が好きか、がよくわかっていなかった、いや、気がついていても、最優先にしてきませんでした。わかっていながら、そこにフォーカスせずに過ごしてしまっていたのです。

ささやかな選択も大切に

日々の中では、ささやかなことも、少なからず選択しています。私はその選択を大切にしてこなかったな、と思うようになりました。大事でなくても家族がたぶん側にいてほしい日に、どうでもいい約束を入れてしまったり、ほかにやるべきことがあるのに誘いを断れずいい顔して受けたり、運動不足とわかっていて走れば気持ちいいのにさぼったり。飲みすぎて二日酔いになり翌日が使えなくて後悔したり、クローゼットの片づけを決意したのにその数時間後にウェブサイトで衝動買いしたり、そんなことも、日々のささやかな選択をないがしろにしている証しかもしれません。

これからは小さな選択も大切にしよう。でもストイックとは違います。私の気持ちよさ、ハッピーさに貪欲になる、ということ。

後回しにせずいつもそうしている（ように見える）のが、大谷選手であり春樹様なのではないか。凡人と天才の違いだとは思いますが、浮世の義理もあるし、自分の弱さも甘えもあって、なかなかできない。このままずるずる過ごして、あっというまに還暦、そして70代、80代になるのはイヤ。

ごはん会はスキップして仕事をした方が気持ちいいならそうする、走った方が気持ちいいなら重い腰をあげて走る、そんな小さな選択でも〝私が気持ちいいのはどれか？〟で優先順位をはっきりさせれば、大きな優先順位もあやまらないはず。

そう意識してから数年、私がいちばん満たされるのはどんなときか、喜びを感じるのはどんなときか、どんな私でいたいか、がだんだんクリアになっていきました。

そして私が心底ハッピーでいると、家族も友達もそのハッピーに巻き込むことができるんだと、この年になってやっとちゃんとわかった気がします。これまでは相手のために何かをしたり、相手に合わせて付きあう方が喜ばれると思っている節がありました。でも違う。特に家族はいちばん身近にいるからこそ、私のごきげんに敏感に反応するのだとわかったのです。

大切なものを見失う前に

40代の後半の数年、3か月に1冊のペースでレシピ本を出す機会に恵まれ、走り続けていました。忙しいのに、なぜかプライベートもさらに忙しくして、新たに知り合った愉快な人たちとの会食やさまざまな会合にも顔を出して、ここでもハイテンション、気づいたら疲れ果てていました。

キャリアという意味では積み重ねたのかもしれません。でも、家族との時間を犠牲にしていました。家も整わず、インプットもままならず、それは決して私にとって心地よくありませんでした。忙しいは、心を無くす、己を無くす、先人の解釈はすばらしい。

その上、忙しさの対価、仕事の結晶であるはずの本が完成しても、満たされないことが幾度かありました。ディーゼル車がアクセルを踏まないでも惰性で走るようにして作ってしまった本もあり、あまりいい結果が出せなかったと今なら客観的に評価できます。急ぎ働きはダメ、申し訳ない気持ちです。

よくよく考えれば、私はブレまくり、流され、自分の本当の幸せ、気持ちよさを追究し優先できていませんでした。家族を失うようなことにならず、本当によかった。

友達の恋人が、世界の紛争地帯で医療に携わっています。彼がシリアに行ったとき、彼女の不安げな顔を見て少し腹立たしく感じました。きっと彼の中に確かな優先順位があって、ちょっと残酷なようですが、彼女を不安にさせても、自分が自分であり続けることを選択しているのでしょう。そして彼女も、その仕事で満たされる彼だから愛している。それが互いの最優先ならいいのだと思います。

しかし時に、よく考えずに命まで削って仕事をしてしまうこともあるのかもしれません。猛烈に働いて、早朝出勤や深夜勤務をこなし、バランスを保つためか毎晩深酒して、家の滞在時間は短く、タッチ&ゴーな日々、そんな50代後半の知人が幾人かいます。最近、彼らの中のふたりの突然の訃報に驚きました。

本人が自分の幸せに貪欲に選択した結果だったのかな、仕事には、自分をなくしてまでやってしまう魔力があって、優先順位をシビアに考えることなく、やりすぎてしまったのではないかな、と思いを馳せました。

相方の友達で、忙しいテレビの制作会社を60歳できっぱりやめて、資格を取って保育士さんになった方（男性）がいます。全く接点がなさそうな仕事だけど、本当に楽しそう。子どもたちにギターを弾いたり（ピアノが多い中で新鮮）、保育園のムービーを作ったり（これはプロですね）、それに力仕事もできるし、本当によかったと話すのを聞いて、こちらもうれしくなりました。これから誰かの役に立つことができたら、自分も楽しいし幸せだと思って挑戦したそうです。

自分で御身大切に

母は私が結婚してからは会うたびに「あなたが元気で明るければ、必ずいい家庭になる」と言っていました。晩年にはよく「とにかく自分を大切に」とも。

その意味もやっとわかってきました。ずいぶん時間がかかってしまったけど、60代はもっともっと自分を大切にします。

そして私が最優先するようになったのは、家族との時間です。これを削ってまでやりたいことは今はありません。自然に、家族以外との食事の予定を入れすぎないようにもなりました。『きのう何食べた？』みたいに相方といっしょにごはんを食べることを大切に。

一方、矛盾するようですが、ひとりの時間も大切にするようになりました。ひとりの時間は、私とふたりの時間。私とよく話すことで、心は安らかになり、思考は整い、大切な人を思い、愛も深まります。私はよく、情と愛を混同して優先順位をまちがいがちでしたが、迷いにくくなりました。

大切な人を最優先に

いちばん身近な人にこそ、きげんよく

母は、誰も知らない〝不機嫌な私〟を知っていました。いちばん身近で、まったく気を使わず丸裸でいられる人だったから。この場合の丸裸は心を開いてなんでも話せたという意味ではありません。どん底の不機嫌な姿も容赦なく見せてしまっていたというだけです。

お互いさま？　家族だから当たり前じゃない？　いえ、私はまちがっていました。母を失って、天啓のように悟りました。いちばん身近な人だからこそ、いつもきげんよく接するべきだったのです。もう逆立ちしたってやり直せません。

〝もっとやさしくすればよかった〟とは違う、別の気づきでした。いちばん近い人に無防備に機嫌悪さ全開で接するのは、心を開いているのとはまるで違って、取り返しがつかな

いのだと学んだのです。親にも、子にも、いや親や子にこそ、やってはならない、これからはやらない。

きげんよく接することができないときは、その理由を〃どうせわからない〃なんて思わず説明すればよかった。同じ甘えるなら、母にはわからないかもと思っても、場合によっては心配させても話せばよかったのです。不機嫌に心を閉じてしまわず、めいっぱい開いて。

大切に思っていることは、〃わかっているはず〃とは思わず、伝えなければならなかった。あぐらをかかず、互いが気持ちを通じ合わせることにもっと努めるべきでした。自分はダメダメだったとタコ殴りしましたが、遅すぎました。

それに、いちばん近くの大切な人にこそきげんよく接するのは、なによりも私のため、です。

ごきげんは他人のためならず

「ごきげんは他人《ひと》のためならず」。情けと同じで、自分のため。

ごきげんでいられないまでも、ごきげんを意識しているだけで、年齢と共に凹む要素が増える私のことをあげてくれます（ほんの少しだったとしても）。バスの窓に映る顔が、フナでがっくしの時も、少し口角を上げてごきげん顔を作ってみるだけでちょっと復活します（根本的な解決にはなりませんが）。

母にも、口角を上げて接していたら、私自身もきっときげんよく過ごせました。一緒にいる時、ごきげんをふりそそいでいたら、いまの私の後悔も少し減っていたと思います。外ではできるだけニコニコしているのがステキだと刷り込まれてきたからか、素の自分は出さず愛想よくして、いつのまにか心に澱のようなものをためてしまう。結果いちばん身近な家族に、きげんが悪いどころかあたることさえありました。許してくれるし、縁が切れることはないからこその甘えでもあったのでしょう。

今は、袖すり合う程度の人にがんばって外面よく愛想よくするくらいなら、身内にこそ思いっきりきげんよく、明るく接したいと思っています。

相方は、母の次に誰も知らない私の不機嫌を知っている人。でも相方は母とは違う。母のようにこの世に生まれる前から一緒にいたわけじゃありません。だったらなおさら、きげんよく。

まあ、原因そのものが相方にある場合はこの限りではありませんけど。還暦近くになっても、パンツのポケットにティッシュを入れたまま洗濯機に入れたとか、妻（私）が締め切りに追い詰められているときに〝ねーねー、爪切りどこだっけ？〟と聞いてくるとか（以下事例多数略）、瞬間的にイラっとしてしまうことはあります。

ただ、彼にとっていわれのない不機嫌は無防備にさらさないように。いやなこと、つらいことがあって、苦々しい思いを引きずっていたとしたら、その事情を説明すればいいし、それができない、したくないなら、しばしひとりでいる時間を持ったらいいということも学びました。

大切なら後回しにしない

イギリスのお茶会でも身内には最後にお茶を出すと聞いて、そうか〝身内後回しの術〟は日本のお家芸じゃないのか、と思ったことがあります。日本ではもちろん、身内には最後、何でも後回しにしがちです。例えば、一番上手に焼けたハンバーグは、もし家族以外がいたらその人に出す。

手土産に〝つまらないものですが〟をつけたり、〝うちの愚妻が〟と言ってみたりする、得意の過剰な謙遜も、ルーツは同じ気がします。

でもそれもやめました。いちばん身近で大切な人を、わかりやすくいちばん大切にする。お茶は最初に出すし、一番上手に焼けたハンバーグをいちばん大切な人に出す。世の中のルールと違ってもいいのです。もしも時計を戻せるなら、母にはっきりわかるように母を最優先にしたかった。

まだ修行中ですが、大切な人こそ最優先に。

友達は多くても少なくてもいい

友達100人なんて無理に決まってるじゃん

50代になってやっと、友達は少ないです、と言えるようになりました。

というかそもそも何をもって多いと言うのかもわからないし、少なくても、なんなら、いないと思っていても、本人がよかったらいいのです。

私の場合は「友達は多いほどいい」という呪縛にとらわれていました。

大勢の友達に囲まれていて、みんなが集まってくる人にあこがれと羨望のまなざしを向けていたのです。すごいなー、あんなふうになれない自分には何か欠陥があるのかなあ、何がいけないのかな、と思うこともありました。

一方で私は社交的でもないし、引きこもりがちだし、胸襟を開くのがかなり苦手。大勢の会に出るのも苦手、そう見えないようにふるまいつつも、極度の人見知りです。ひとりっ子なのも影響しているかもしれません。

〝人に好かれる人の習慣〟や〝友達がたくさんできる人がやっていること〟を紹介したある本を立ち読みしていて（買いましょう）、心理学の世界にペーシングというコミュニケーションスキルがあると知りました。

言葉によるコミュニケーション以外で、相手の警戒心を取りさり、肯定されているという安心感を与え、信頼関係を作る効果があるそうです。具体的には、話すスピードを相手に合わせる、声の高さや大きさを合わせる、相槌を打つ、うなずく、など。その本にはさらに、似たような服を着る、同じメニューを食べる、なども心を開き〝好きになってもらう〟方法の例にありました。

正直、なんと！　と驚いて30メートルくらい〝引き〟ました。知り合ってしばらくはうまくいくのかもしれないけど、いずれ馬脚を現し破綻するんじゃないかと、老婆心ながら思ったのです。

たとえば営業職や、販売員の仕事で短時間に信頼を勝ち得る必要がある人もいるかもしれませんが、そもそもみんなそんなに、話すスピードを変えてまでも、人に好かれたいのか？　と思いました。ところが案外こういう本は多くて〝好かれる技術〟のニーズが確実にあるようです。みんなに好かれる＝嫌われない＝生きやすいってことなのかもしれません。

やっぱりたくさんの人に好かれた方がいい、友達はたくさんいた方がいい、という価値観が絶対なのかな。でも、そんなことないんじゃないの？　決して率先して嫌われたくはないですが、嫌いなものは仕方がないでしょう。

友達100人できるかな♪　と歌う中で育ったけど、なんであんな歌が推奨されたのか。今は、〝ムリムリ、知り合いはできても友達はそんなに作れないし、たくさんは大切にできないから〟と言えるようになりました。

そして、できたら好かれるより、好きになりたい。100人に好かれるより、ものすごく好きな人がひとりいる方が満ち足りるんじゃないの？　と負け惜しみではなく思います。

友情にも水やりが必要さ

若い頃は、学校や職場だけでなく、いろいろ出かけて〝知り合い拡大〟キャンペーンをやるのが楽しかった記憶があります。出会いが仕事につながるかもしれない〝すけべ心〟もあったでしょう。でも、50代半ばごろから、知り合い拡大にはほとんど意味を感じなくなりました。多くは所詮、友達未満の知り合いで終わるから。そこから友達になっていくには、時間もいるし、育てていくエネルギーも必要です。

そして友情にはメンテナンスも不可欠。メンテナンスというか、愛しんで水やりしないと枯れてしまう。時間も限られているし、本当に好きな人じゃないと続きません。

また付き合いの長さが関係の深さでもないと思います。『パリタクシー』という仏映画では92歳でホスピスに向かう女性が、そのために頼んだタクシーで運転手と話すうちに、特別なかけがえのない友情を見つけます。たった1日の出来事です。

母が晩年、ほぼ毎日電話で話していたのは、大学卒業から60年会っていなかった遠くに住む同級生でした。きっかけは彼女からの突然の電話。学生時代は仲が良かったのに卒業と同時のお互いの結婚で疎遠になっていたそうです。再会したのはその電話のあと、80歳を過ぎてから1度だけ。人生の不思議を思います。

一方で、出会って何年もしてから大切な人に気づくこともある。カズオ・イシグロの小説『日の名残り』では、リタイアした執事がともに仕事をしていたときは何ごともなかった仕事仲間の女性に、離れて何年もたってから会いに行きます。長い旅をしながら。

私には、30歳くらいまでとても仲が良かったのに、私が水やりをおこたったことが原因で、疎遠になっていた高校時代の友達がいました。ずっと気になって、心に小さな小骨がひっかかっているようでした。母の死をきっかけにその彼女に25年ぶりくらいで会い、丁寧に絡まった糸をほぐし、今は再び故郷に帰れば会い、ラインでもやり取りするように。ブランクはきっと必要だったのだと思います。

私も変わるし、相手も変わる。お互いのタイミングも大切な気がしています。

片思いでいい

友達を増やしたいとは思わなくなりましたが、何かの機会でめぐり会い「素敵だな、もっと話を聞きたいな」と惚れたら、おそるおそる一歩踏み出し、SNSなどでつながることもあります。SNSのポストを見ているうちに、お互いを知り、何年もたってから思い切って会ってみたら、また会いたいと思う人だった、そして仲良くしたいな、と思うこともあります。

好きなことを追い求めている人や、なにかに一球入魂している人に惹かれることが多いのは、あこがれなのだと思います。そして情に厚く、義理堅い人に惚れる傾向があるのは、母に似ている人ということなのかも。

でも友達になれないこともあるし、私が片思いしているだけの場合もあります。それでよいのです。好きな人との付き合いは片思いくらいの方が、自分が傲慢にもならず、相手を大切にするからよい（Mか？）。

松田聖子の歌に、今一瞬はあなたが好きだけれど、明日になればわからない、というフレーズがあります。どんな思いも関係も、永遠に続くかどうかなんて神のみぞ知る。思いがあればマメにメンテナンスし、水やりを欠かすことはありません。

いじめの種には近づかない

壮絶ないじめのニュースを見聞きすると、何で？　と、ものすごく胸が痛みます。こうして書いていても許せない気持ちと、無念さに泣けてきます。どうやら私は、いじめ的なことが最もきらいで、直接自分に被害がなくてもつらいし、憎いよう。

死に追い込むまでではなくても、いじめの種のようなものは、日々の中でも見つけることがあります。感じる、と言った方がしっくりくるかも。

大人の中にも、いじめっ子はいますよね。いない人を悪く言う、ひとりだけ外す、見下す、などなど。気づかずにやっているのではなく、相手が傷つくとわかってやるのがいじめです。私はいじめの種的なものであっても、感じるとすぐにささささっと逃げるようにしています。逃げるは恥だが役に立つ、その通り。

40代の頃でした。まだ若くて、知り合い拡大中でいろんな会に参加していました。その中の一つで、よく集まっていた4、5人のグループから、ひとりだけ外されたことがありました。理由はいろいろあったのでしょう。私がショックを受けるな、とわかっている上でのことだったので、それをきっかけに、そのグループから離れました。もちろん、がっかりしたし、こうして書いていてもチクリと胸が痛みます。

私の場合は、外されたという結果より、外そうとして、みんなが合意に至るプロセスに、いじめの種を感じました。「今回は4人で行くねー」とさわやかに言われたかった。であれば逆になんとも思わなかったくらい希薄な所属意識だったのに、コソコソとされると、かえってイヤなものです。いまの若い世代の中では、SNSを駆使して行われているのかもしれません、やだやだ。
でも、学びもあって、これをきっかけに、他のグループのようなものからも、するするっと、ゆるゆるっと抜けました。そして好きな人とはせいぜい2、3人で会うようになりました。そこにはハードルがあるけど、サシで会わない人、会えない人とは、友達にはなれないんじゃないかなとも思っています。

弱さ、つらさ、に敏感に

太宰治が編集者に書いた手紙の中の文を時々反芻します。

「私は優といふ字を考へます。これは優《すぐ》れるといふ字で、優良可なんていふし、優勝なんていふけど、でも、もう一つ読み方があるでせう？　優《やさ》しいとも読みます。さうしてこの字をよく見ると、人偏《にんべん》に、憂《うれ》ふと書いてゐます。人を憂《うれ》へる。ひとの淋しさ侘しさ、つらさに敏感な事、これが優《やさ》しさであり、また人間として一番優《すぐ》れてゐる事ぢやないかしら」（『回想　太宰治』1946年4月　河盛好蔵宛書簡）

私の本名は優子です（りこは母の名からもらいました）。それもあってこの手紙を本の中で見つけた時、ぐっときて、忘れられなくなりました。いやはや優の字を親から頂きましたが、優《すぐ》れても、優《やさ》しくもありません（残念、ごめんよ）。にもかかわらず、年を重ねるごとに、経験からこの手紙に書かれている通りだと思うようになりました。

人は好調なときはどんな扱いをしても、されてもいいような気がします。でも、弱っているとき、つらいことがあったときは、手を差し伸べられたら、やっぱり安堵するし、ありがたいし、うれしい。私はそうです。もちろん関係性や距離感にもよります。そこに鑑みつつも、同情とは違う、温かな目線を伝えられたら、伝えたい。逆に、悲しみ、弱さ、つらさ、への温かな目線がない人とは距離を置くようになりました。

私は、地方（長崎）の公立の小学校、中学校、高校で過ごしました。同級生には、中学卒業後すぐに働くことにした子や、やんちゃすぎて捕まった子や、勉強ができたのに家の事情で大学進学をあきらめた子、バリバリのヤンキーで高校をやめて親の飲食店を継ぎ大きくした子、ほかにも職業だけでは説明になりませんが、魚屋、消防士、警察官、保母さん、教師、CA、医者、弁護士、専業主婦、今もひきこもり、いろんな人がいます。

今でも、長崎に帰って、地元で根を張る小・中学校や高校の同級生に会うと、いろんな人生があって、それがすべて貴いと気づかされます。

そこには、もし小学校から同じような価値観の人ばかりの中にいたら、一生気づけなかったこともあると思います。

『みんな誰かの愛しい人』というフランス映画があって、原題の直訳ではないこの邦題が好きです。そうなんだよ、そう思って人に接すること、肝に銘じておきたいです。

みんな誰かを支えたい

海外を旅すると、ほぼ必ず、無心する人を見かけます。いわゆる物乞いです。私は、ほぼ必ずいくばくかの寄付をすることにしています。といっても1、2ユーロのこと。相方には「何で?」と言われますが、ささやかに徳を積むつもりでやっています。つまりは相手のためではなく、私のために。

いつか私も彼女や彼のようになるかもしれません。なにがきっかけになるのか今の私にはわかりません。また〝ほんとうはものすごいお金持ちなのよ〟なんていう物語を聞くこともあります。もちろん、その可能性はゼロではないし、だとしたら面白いし、結局のところわからない。

イタリアでのこと。駅前でそんな物乞いのおばあさんが、鳩に餌をやっていました。異臭を放っていたから人は誰も近づきません。鳩だけが円陣を組むように十数羽集まり、手をあげて上からちぎったパンを蒔く彼女は、さながら鳩の女王のようでした。遠巻きに見ながら、人はどんな状況になっても、誰かに何かを与えたいのか、と思いました。

そして、何が彼女を今の状態にさせ、能天気に旅をする私と何が違うのかなと、考えます。つらつらと、もちろん答えはないまま妄想も挟みながら考え、たいがいは、旅に出るとはこういうことを考えることだ、とゴールします。

その彼女を翌日、別の駅前で見かけました。イタリアの地下鉄やバスの改札のゆるさは、彼女のような人の移動へのやさしさなのか。

私が差し出す1ユーロも、誰かに何かをしたい、そんな本能にすぎないのかもしれません。

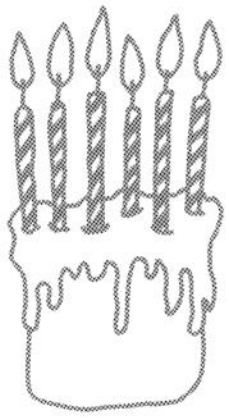

母をおくる

連れていかないで

『50歳からのごきげんひとり旅』という、レシピも料理写真もないエッセイを出版したのは2023年の3月でした。脱稿したとき、相方が「家族以外も読んでくれたらいいね」と言うくらい、ひっそりと船出した本でした。この本を読んですぐに「すごく面白い！　きっと人気の本になるわよ、私にはわかる、今まででいちばんいい」と、ただひとりだけ、手放しでほめてくれたのが母でした。これまで母にそこまでほめられたことがなかったので、びっくりしすぎて、爆笑してしまいました。

本は意外にも、本人も編集者も驚くほど、部数を伸ばし始めました。ゴールデンウイークが明け、梅雨入り間近、出版社から何度目かの増刷のお知らせが届いたころ、私は、菩提寺、神社、教会、とにかく神様といわれる方がいるところすべて、そしてお墓で先祖にも、願うようになりました。

「どうか、母を連れていかないでください」と。

小学生の頃から作文好きで、書くことが好きな食いしん坊の料理家になりました。そして自分のレシピ本の中で短いコラムや〝はじめに〟を書くのをひそかな楽しみにするように。

母がほぼすべて保管していた私から母への手紙の中の1通、大学時代の手紙に「田辺聖子みたいな読んだら気持ちがはずむ本を書く人になりたい。でも私はネガティブでいろいろ考えすぎだから、そこばなおさんばね（そこを治さなきゃね）」と書いてありました。田辺聖子さんとは厚かましさにもほどがあるけど、中学生の頃からファンだったのです。

この旅のエッセイ本を書いたことで、ほんの少しだけ、かつての夢に近づいた気がしました。多くの人の目に触れ、続編が決まったり、今まで接点がなかった文芸分野の編集の方から声をかけてもらって震えたり（感激して）、書き物の連載の仕事をいただいたり。そんな盆と正月が数年分やってきたような機会をもらいました。

もしかしたら私の前に新しい道がひらかれようとしているのかもしれない、書くチャンスをもらえるのかもしれない、と舞い上がるほどうれしかった。でも同時に、とても怖くなりました。怖くて仕方がありませんでした。

これと引き換えにいちばん大切なものを奪われるのではないか、と。

ものすごくいいことがあったら足元を見つめ直せ

そんなふうに考えるようになったのも、母の影響であり、祖母の影響です。ものすごくいいことがあったら、そのお返しにどこかで自分が損をしてでも誰かのためになることをやって、と言われて育ちました。母は「よかことのあったら、財布を落とすくらいでちょうどよかよと、おばあちゃんにいつも言われよったよ」とも。

100パーセントの絶好調はよろしくない、そういう時は少し用心して周囲を見渡すように、と折に触れて教わりました。

すべてうまくいくことはないのが人生、幸と不幸はバランスしてしまうから、不幸を小さくするためにどこかで功徳を積んで、とそんな考えが祖母から母に、そして私にも伝わっていたのです。

念のために言うと、墓は寺にあって、家に仏壇もあって神棚もあって、母はキリスト教系の学校に行っていたという、無宗教の家です。

母の最期のギフト

私のそんな祈りも願いもかなわず、この年の9月、母は旅立ってしまいました。あの本が望外にたくさんの人の元に届き、私には新しい生きる道のようなもの、セカンドプレイスが現れました。

これは、母が最期に私にくれたギフトだったと思っています。

そしてもうひとつ。

相方が希望していた転職先による募集を知ったのは母が亡くなる直前でした。そして、数か月後、母の月命日に面接、12月の母の誕生日に内定、私の誕生日に正式採用の通知が届きました。

もちろん彼自身が自分の手でつかんだものですが、私は勝手にこれも母からのギフトだと思っています。彼が暗いトンネルから抜けることは、私がハッピーになるために欠かせないと知っていたから、母が〝私のために〟彼の転職をかなえてくれたのだと感じるのです。

亡き親を思うことは信仰に似ている

と書くと、とてもスピリチュアルな話に聞こえてしまうかもしれません。しかし私はその方面にはとんと疎い日々を送ってきました。今も、これからもきっとそうです。

それでもすべては自分の力だけではないと、強く意識するようになりました。見えない手は存在していて、GOと背中を押してくれると信じています。まちがえたときには引き返すように教えてくれると思います。

「お天道様は見ている」と昔から祖母がよく言っていましたが、私は母や祖母や、叔母、叔父、関係者一同が見ていると思って、善悪の判断、さまざまな選択をしています。私には信仰する特定の神様はいません。でも彼女たちがよき方向へ導いてくれ、側にいてくれて、支えてくれて、教えてもくれると信じています。

世界中に信者がいる神様はかなりお忙しそうですけど、彼女たちは私のことだけを見てくれている。私は不安なとき、つらいとき、ことの大小にかかわらず、いつも彼女たちに祈ります。飛行機に乗るときも、はじめての旅先でも、大事な仕事の前も、いつも。

今は、これこそ信仰だな、と思っています。

母との別れ

母はいわゆるボケることも、寝たきりになることも、長く入院することもありませんでした。ただ足が弱って、歩くために歩行器を使っていて、ひとりでの外出はごくごく近所だけになっていました。私は介護というほどの介護はしたことがありません。

晩年はコロナ禍でも、毎月1週間ほど帰るようにしていましたが、バタバタと掃除や料理をすると1週間なんてあっという間です。作りおきを作っておくより、掃除するより、母ともっともっと話すべきだったのに、バカ娘は何もわかっていませんでした。夜はパソコンに向かい原稿を書いたり、料理の試作をしたりして、そんなときも母は私の忙しさを心配し、身体を気遣い、私から時間を奪うことなく、困らせることもありませんでした。

母の最期から1年以上経って、それが事実なのだということは頭ではわかっていますが、納得することも認めることもできずにいます。これまでも離れて暮らしていたから、今も長崎に母がいると錯覚することさえあります。

そして母の死について人と話したくありません。当時、仕事の関係で伝えなければならなかった人以外には、いまだに言うことができません。

一方でこうして書いているのは、大いなる矛盾じゃないかと自分でもそう思います。書くことで、心が凪いでいくわけでもないのに、なぜか。どうにもならないことを乗り越えて生き続けるための方法のひとつと聞いたこともありますが、今は乗り越えることはできてないいままです。

そして実は、この哀しみを克服できなくても、乗り越えなくてもいい、誰にも迷惑はかけないし、ずっと身体のどこか、心のどこかで悔やみ、哀しんでいてもいいんだよ、と思っています。

ただ、僭越でおこがましいのですが、書いて伝えたいことが少しだけあるのです。

1分でいいからもう一度やり直したい

還暦前後に、多くの人が乗り越える試練のひとつ、もしかしたらかなり大きな試練が親を看取り、おくることかもしれません。強くがんこでゆるぎなかった親がどんどん弱り、できないことが増え、老いていく姿を見るだけでも、苦しくつらいだけでなく、驚きもあるし、哀しみもあるし、さまざまな葛藤もあります。別れがいつどのように訪れるのかわからない怖さもあります。

私は大学に入学して以来ずっと離れて暮らしていたので、母が80代になってからは、そう遠くない日に別れの日が来るかもしれないと、その日のことを想像してひとりでメソメソすることもありました。

しかしその想像と現実に母を失うのは、まったく違ったのです。かねてからの想像なんてかすりもしないほど。

母の死の瞬間から、1か月、1週間、1日、1時間、1分でもいいから、時間を戻してやり直しをさせてほしいと、ひたすら願いました。今もそう思い続けています。母に何度もごめんね、と謝りました。友達は、ありがとうにしたら？　と言ってくれたけど、もちろんありがとうだけど、まだまだ謝りたい。

子どもの頃、普段着は買っていたけど、よそ行きはほとんど母の手作りでした。彼女はひらひらしたレースやフリルはきらいで、濃紺やボルドー色のビロードに、真っ白なコットンの襟とか、白に白で刺繍したブラウスとか。そうやって子どものときから着せられていた母好みは、今の自分のセンスを作っています。でもそのことを母に伝えたことはありません。

料理は、プロはだしでした。自分が料理の仕事をするようになって、かなわないな、とあらためて思ったこともたくさんあります。野菜を切る、米を研ぐ、ひき肉を練る、そんなひと手間が、母がやるとまったく違っていました。

野菜の切り口は角が立ち、千切りはあくまでも細く。なますも、きんぴらも、切るところから太刀打ちできない。ごはんを炊くことさえ、母より上手にできたことは一度もなかった。だから料理家として活動するにあたって、母の名をもらいました。そのことも母にちゃんと伝えたことがありません。

今の私のほとんどが、母からもらったものでできています。料理も、良くも悪くも服好きなのも、自分の力で生きていきたいと願う自立心も、自律心も、ほかにもここには書きたくないダメなところも、いいところも。しかも年々、時にいやだなと思うほど、母に似てきました。それもちゃんと伝えられませんでした。

コロナ禍の頃、私はちょうど更年期で、自分でも引くくらいイライラしていて、母もそのとばっちりを受けたひとりです。たくさんひどい態度をとりました。更年期だと母に言えばよかったと悔やんでいます。

関係性も距離も、親子はさまざま。だから余計なお世話と知った上で書きますが、まだ親が若くても、元気でも、思い立ったときに、いや会ったときは必ず、暑苦しいほどに思っていることを伝えてはどうでしょうか。直接でも手紙でも。ぜんぶいちいち伝えればよかったと、私は猛烈に悔いています。

生きてそこにいると、むかつくこともあるでしょうし、クラスにいたら友達にならないかも、親友はないな、とか、厄介だとか思っているかもしれません。

私は、18歳から離れていたし、決して一卵性親子と言われるような、いつも一緒、何でも話す仲良し母娘ではありませんでした。だから生きているうちにろくに伝えないという、痛恨の過ちを犯したのだとも思います。

それがこれまでやらかした愚かなことの中でも、比類なき愚かさだと、母を失った瞬間にわかりました。しかし、わずか1分でも巻き戻せない。

まだ間に合うなら、老いてどんどん自信を失っていく愛する人を、さまざまな事情もあると思いますが、生きているうちに絶賛してください。それは、自分自身のためでもあると思います。

台湾では、身体が果てても魂はすぐには向こうに行かず、大事な人の声を聞いていてくれると台湾の友が教えてくれました。その話にすがるように、遅ればせながら、母を絶賛しています。

最強の赤ん坊になる

〜あとがきとして

2020年に日本女性の半分は50歳以上になりました。ふむ、じゃ60歳以上ってどのくらいいるのかなと思って調べていたら、65歳からはもう高齢者と呼ばれると知って唖然。そこで一句、「還暦を、すぎたら次は高齢者」。季語も身も蓋もありませんが。

しかも、65歳以上が総人口に占める割合は29・3％と過去最高で、世界一。特に女性は人口の32・3％が65歳以上、すでにほぼ3人に1人が高齢者です（令和6年9月の総務省の発表による）。ひとり暮らしも増加中で、65歳以上の5人に1人がひとり暮らしなのだそう。ひとりは嫌いじゃないし気楽だけど、それでも正直、不安がないわけではありません。

晩年を海辺の家で過ごす老姉妹を描いた映画『八月の鯨』を、10年ぶりくらいにひとりで見ました。昔からいつか海辺の家に住みたいとあこがれていて、何度か見ている映画です。デッキの椅子で海を見ながら波の音を聞き、野の花を摘んでテーブルにかざり、懐かしい話をして過ごす。たまに心が泡立つことがおきるけど、またゆっくり時間が流れる老姉妹の暮らし。

でも前回40代で見た時とはまったく違う思いが去来しました。ふたりの老いへの不安、ひとりになってしまうことへの恐れに〝どうしよう〟とわがことのように胸が痛くなって、そんな自分にびっくり。見る側の年齢や状態でこんなにも違う印象になるのか、ああ。

とはいえ考えてみると、この映画の撮影時、主演のリリアン・ギッシュは93歳。彼女は99歳で亡くなるまで生涯独身だったと聞けば、背筋がぐっと伸びる気もします。海辺の家に暮らしたいなら、今でしょ、とも思いました。

これから先、新たな〝老い〟に次々と出会って、暗くなったり凹んだりするのは当たり前、ムリして〝年を取るのは楽しい〟と言うつもりもない。だけど凹む時間は短い方がいい。母は70代になったころから、「ニュースは暗い話ばっかり。なんか楽しくなる本はない?」と言っていつも探していました。

今ならわかります。かんたんに気分が明るくなるモノ、コトはたくさん持っているもん勝ちです。寝る前に読むと今日を楽しく〆られる本、漫画でもいい、音楽でもいい、映画でも。思い出すと、ほころぶ旅、心が凪ぐ景色、もう一度食べたいごはん。凹みそうなときは、手軽に気持ちをハッピーな方に向けられるものを総動員しながら、毎晩「今日も面白かった」と眠りにつきたいなと思います。

私にとってのそのひとつ『きのう何食べた?』のシロさんも第23巻で還暦を迎えました（よしながふみさんによる、シロさんとケンジ、ゲイカップルの日常が描かれたマンガ。ドラマも映画もすこぶるいい↓ケンジ風に）。

還暦って、本卦還《ほんけがえ》りとも言って、干支《かんし》（十干十二支《じっかんじゅうにし》）が一巡し誕生年の干支に還ること。つまり赤ん坊に還る。赤ん坊と言っても、知恵のついた赤ん坊です。

それ、最強では?

慣れていないから、急に好きなことだけやるのは難しくても、自分がやりたい方を、人と比べず遠慮せず選び、イヤなことはやらない。この先がうっすら見えてきたからこそ、やりたいことを先送りするのも、誰かに合わせるのも、やめられそうです。

食べたいものを食べ、着たい服を自由に着て、大切な人を思いきり大切にして、私なりにできる範囲で、おだやかないい顔つきをして暮らしたいように暮らせばいい。

この本は、60代を最強の赤ん坊としてすごしたい、私のおぼえ書です。

大木編集長との5冊目の本、原稿を送るたびに熱い感想をくれたから書き続けられました。へたれの私に心強い共感メッセージと激励と（原稿）催促をくれた上坂美穂さん、想いをくんでデザインしてくれた高橋美保さん、ジャストミートなイラストを描いてくださったsinoさん、なんと、みんなビバ！　還暦じたく世代！　ありがとう。

最後に、この本を手にしてくださったすべての方に感謝とエールを。

書籍リスト（掲載順）

『三千円の使いかた』　原田ひ香　中央公論社
『幸福を見つめるコピー』　岩崎俊一　東急エージェンシー
『すべての男は消耗品である』　村上龍　集英社
『試着室で思い出したら、本気の恋だと思う。』　尾形真理子　幻冬舎
『もう、服は買わない』　コートニー・カーヴァー　ダイヤモンド社
『人生がときめく片づけの魔法』　近藤麻理恵　サンマーク出版
『東京ガールズブラボー』　岡崎京子　宝島社
『くちびるから散弾銃』　岡崎京子　講談社
『牛たちの知られざる生活』　ロザムンド・ヤング　アダチプレス
『50歳からはじめる、大人のレンジ料理』　山脇りこ　NHK出版
『LEAN IN リーン・イン 女性、仕事、リーダーへの意欲』
シェリル・サンドバーグ　日本経済新聞出版
『たべるノヲト。』　松重豊　マガジンハウス
『キレイはこれでつくれます』　MEGUMI　ダイヤモンド社
『百歳の力』　篠田桃紅　集英社
『私たちの真実 アメリカン・ジャーニー』　カマラ・ハリス　光文社
『侍女の物語』　マーガレット・アトウッド　早川書房
『どうせ、あちらへは手ぶらで行く』　城山三郎　新潮社
『そうか、もう君はいないのか』　城山三郎　新潮社
『よき時を思う』　宮本輝　集英社
『幸福論』　アラン　岩波書店
『青が散る』　宮本輝　文藝春秋
『葬送のフリーレン』　原作：山田鐘人　作画：アベツカサ　小学館
『人は、なぜさみしさに苦しむのか？』　中野信子　アスコム
『50歳からのごきげんひとり旅』　山脇りこ　大和書房
『職業としての小説家』　村上春樹　新潮社
『回想　太宰治』　野原一夫　新潮社
『きのう何食べた？』　よしながふみ　講談社
『日の名残り』　カズオ・イシグロ　中央公論新社

山脇りこ（やまわき りこ）

料理家として「きょうの料理」（NHK）などのテレビ番組、新聞、雑誌で、旬を大切にしたシンプルな手順で作りやすいレシピを提案している。『いとしの自家製』（ぴあ）、『明日から、料理上手』（小学館）など著書多数。台湾好きとしても知られ旅のガイドブック『食べて笑って歩いて好きになる 大人のごほうび台湾』（ぴあ）など台湾3部作もある。ひとり旅の楽しさを綴った『50歳からのごきげんひとり旅』（大和書房）がベストセラーになり、文筆家としても雑誌やウェブで活躍の場を広げている。

https://www.instagram.com/yamawakiriko

編集　上坂美穂（目白台書房）
デザイン　高橋美保
イラスト　sino

ころんで、笑って、
還暦じたく

発行日　2024年12月8日

著者　山脇りこ
発行人　木本敬巳
編集　大木淳夫
発行・発売　ぴあ株式会社
〒150-0011 東京都渋谷区東1-2-20 渋谷ファーストタワー
編集 03（5774）5262　販売 03（5774）5248
印刷・製本　中央精版印刷株式会社

ISBN978-4-8356-5002-9